Heinke Pieper
Und dann das mit dir …

Heinke Pieper

Und dann das mit dir …
Aufzeichnungen einer Psychiatrie-Erfahrenen

Bibliografische Information der Deutschen Nationalbibliothek:
Die Deutsche Nationalbibliothek verzeichnet diese Publikation
in der Deutschen Nationalbibliografie; detaillierte bibliografische
Daten sind im Internet über http://dnb.dnb.de abrufbar.

© 2013 Heinke Pieper
Satz, Umschlaggestaltung, Herstellung und Verlag:
BoD – Books on Demand

ISBN: 978-3-7322-1929-2

Sommer 2008, morgens 08:30 Uhr im Soziotherapiezentrum des Psychiatrischen Krankenhauses Rickling. Ich sitze Schülern der 9. Klasse einer Hauptschule gegenüber, die mich mit einer Mischung aus Scheu und Neugier ansehen. Vor Kurzem habe ich mich der Anti-Stigma-AG »Aktion Sinneswandel«[1] angeschlossen, und ich bin hier, um den 14-, 15-jährigen Jugendlichen über mich zu erzählen. In diesem Schulprojekt bin ich als Betroffene hier, um über mich als Psychiatrie-Erfahrene zu sprechen. Psychiatrie-Erfahrene. Ich habe mich entschlossen, jungen Menschen von diesen Erfahrungen zu erzählen und sie so an ein allgegenwärtiges und doch weithin tabuisiertes Thema heranzuführen. So war mein Entschluss, aber jetzt sitze ich hier, zum ersten Mal, und mein Herz schlägt bis zum Hals. Schon am Abend davor wälzte ich mich im Bett hin und her, und Volkmar, mein Mann, strich mir über den Rücken und sagte: »Schatzi, du machst das schon, du brauchst keine Angst zu haben!« Doch bevor Frau Beckmann, Psychologin im Krankenhaus, mit der Eingangsfrage begann, bemerkte ich, wie sich drei Schüler vor Lachen nicht einkriegen konnten. War ich gemeint? Dies war ein schlimmer Moment für mich. Doch

---

[1] Eine Arbeitsgemeinschaft, an der Betroffene, Angehörige und professionelle Mitarbeiter der Psychiatrie teilnehmen. Das Schulprojekt, in dem Schulklassen in das Psychiatrische Krankenhaus Rickling eingeladen werden, um Vorurteile zum Thema abzubauen, und Gelegenheit bekommen, mit Betroffenen wie die Autorin ins Gespräch zu kommen, gehört zu den zentralen Projekten der AG.

Frau Beckmann intervenierte: »Frau Pieper ist Ihretwegen hierhergekommen, und ich möchte, dass Sie sich entsprechend benehmen!« Zwei der Jungen hörten sofort auf zu lachen, der dritte alberte noch etwas weiter herum. Ich hatte mich geschminkt, mit Make-up und allem Pipapo, so sah man nicht, dass ich rot wurde. Weise Voraussicht. Ich hatte mit einer solchen Situation gerechnet, aber als sie tatsächlich gleich beim ersten Projekt eintrat, war ich etwas traurig.

Doch ich hatte keine Zeit, dem lange nachzuhängen, denn Frau Beckmann fragte mich: »Frau Pieper, wann war das, als Sie merkten, dass irgendetwas anders war als sonst?«

1.

Ich war 16 Jahre alt und wir lebten damals in Wahlstedt. Als ich eines Tages von der Schule nach Hause kam und mein Vater die Tür öffnete, hatte er Tränen in den Augen. Ich ging hinein, und er sagte sehr traurig: »Mutti hat einen Knoten in der Brust …«, er stockte, »… sie muss operiert werden, es ist Krebs!« Wir gingen zu Mutti, die in der Stube saß, und weinten bitterlich. Nun begann ein schlimmes Jahr. Mutti wurde die Brust amputiert. Bis dahin war sie Kettenraucherin gewesen. Nach der Operation gab sie das Rauchen auf. Der erste Besuch nach der OP, gemeinsam mit meinem Bruder Achim und Vater, war ein Schock. Wir öffneten die Krankenzimmertür. In dem Saal waren

16 Betten – alle belegt! Mutti lag vorne, einen Verband um die Brust; es ging ihr schlecht. Kaum waren wir an ihr Bett getreten, kam eine Schwester und bat alle, den Raum zu verlassen. Gefühlte 100 Besucher verließen den Saal. Nach etwa 15 Minuten konnten alle zurück. Meine Mutter flüsterte uns zu, dass die Patientin neben ihr ständig getrocknete Pflaumen esse und nun, ausgerechnet in der knapp bemessenen Besuchszeit, Stuhlgang habe. Ich war schon halb grün von diesem Krankenhausmuff, und schließlich war die Besuchszeit vorbei. Irgendwann, ich kann mich an den genauen Tag nicht erinnern, war Mutti zurück. Für sie und uns begann eine Zeit des Hoffens. Mutti musste schmerzhafte Bestrahlungen über sich ergehen lassen. Die Wunde sah schrecklich aus, grün-gelb-eitrig, sie konnte ihren Arm nicht anheben. Eines Abends klammerte ich mich an sie. »Mutti, du darfst nicht sterben, bitte!« In der Schule gab es die Halbjahreszeugnisse. Mit diesem Zeugnis musste ich meine Bewerbungen wegschicken. Mein Berufswunsch lag im kaufmännischen Bereich, auch eine Beschäftigung in der Anwaltspraxis, die von Vaters Freund und dessen Frau betrieben wurde, konnte ich mir vorstellen. Die ersten Absagen trudelten ein, aber auch der ein oder andere Vorstellungstermin. Schließlich erhielt ich den Ausbildungsvertrag in der Anwaltspraxis Mücke. Meiner Mutter ging es zeitweise besser. Trotzdem wurde ich schwermütig. Einmal saß ich vor meinem geöffneten Kleiderschrank, oben in meinem Dachkinderzimmer. Ich starrte vor mich hin, kein Gedanke war zu fassen, sie kreisten unablässig. Mein Vater war sehr stolz auf meine Leistung im Schwimmen. Er verstand nicht, warum ich auf einmal so passiv war. Mutti unterdessen ging mit mir zum Hausarzt. Sie schilderte

die Situation, und er gab für mich eine Überweisung zum Psychiater mit. Meine Alarmglocken begannen zu läuten. In dem Film »Einer flog über das Kuckucksnest« hatte ich schließlich genau gesehen, wie das so abläuft. Und ich zerriss die Überweisung und sagte zu Mutti: »Ich lege mich nicht auf die Couch!« In der Schule begann die Abschlussprüfung, und ich war so durcheinander, dass ich nach Absprache mit meinem Klassenlehrer und meinem Vater die Prüfung 14 Tage später machen konnte. Meine Mitschüler ermunterten mich in dieser Zeit. Den Realschulabschluss hatte ich dann gepackt. Ferien! Wir, mein Vater, Mutti und ich, fuhren nach Polen, Masuren. Meiner Mutter ging es zunehmend schlechter, sie erbrach sich, ihr war schwindelig. Wir brachten sie zum Arzt. Er gab Mutti Spritzen gegen die Übelkeit, und danach ging es zurück nach Deutschland.

August 1978. Meine Lehrzeit begann. Voller Eifer und Motivation begann ich die Ausbildung. Gab es mal Schelte, sagte Mutti: »Na ja, so gern mag ich die Anwältin nicht.« Mein Vater hatte hingegen den Satz »Lehrjahre sind keine Herrenjahre« parat. Irgendwann war Mutti wieder im Krankenhaus. Am Sonntag waren alle bei ihr. Meine Oma löcherte sie mit Fragen, wonach, weiß ich nicht mehr. Wir verabschiedeten uns. Montagvormittag im Büro. Ich sollte zur Chefin kommen. Na gut, ich schnappte mir Stenoblock und Bleistift. »Setzen Sie sich!« Ich saß und guckte. »Heinke, Ihre Mutter ist tot!« Sie hielt die Arme halb aufgestützt auf dem Schreibtisch und starrte mich an. »Das glaube ich nicht!«, antwortete ich. »Ich hole Ihre Tasche und fahre Sie nach Hause.«

Die Beerdigung erlebte ich wie durch Watte. Dieses Händeschütteln war kaum auszuhalten. Zu meinem Bruder sagte ich, dass ich hier wegwolle. Meine Oma war am Ende. Nach der Trauerfeier forderte mein Vater mich auf, im Wagen der Anwältin nach Hause mitzufahren. Meine Tante fuhr bei ihm mit. Auf der Fahrt sagte die Anwältin etwas Merkwürdiges: »Manche Kinder glauben, dass der Vater ihre Mutter totgeschlagen habe.« Bis heute ist mir diese Aussage nicht aus dem Kopf gegangen. Nachzufragen, was die Frau damit meinte, traute ich mich aber nicht.

Kurz darauf war mein 17. Geburtstag. Drei Klassenkameraden kamen zu Besuch, und ich drehte die Musik laut auf. Meine Familie legte das so aus, als würde ich feiern. Für mich war es Dröhnung. Dröhnung, um nicht daran zu denken: Sie kommt nie, nie mehr zurück. Ich ging weiter ins Büro, obwohl die Chefin zu mir sagte, ich könne zu Hause bleiben. Die Zeit verging, und auf einmal hörte ich, wenn ich abends im Bett lag, Schritte. Ich hatte einen Traum. Wieder höre ich diese Schritte, ich gehe zum Fenster, oben im ersten Stock, ich schaue auf den Bürgersteig. Da steht meine Mutter in einem lilafarbenen Kleid, das Gesicht weiß, sie schaut zu mir und sagt: »Auf Wiedersehen.« Dann war der Traum zu Ende. Drei oder vier Monate nach dem Tod meiner Mutter hatte mein Vater eine neue Frau kennengelernt. Aber erst auf dicke Tränen machen. Ich schlief schlecht ein. Plötzlich klingelte das Telefon, ich sah dumpf auf meinen Wecker, 23:00 Uhr. Es klingelte und hörte gar nicht auf. Also stand ich auf, ging die Treppe runter ins Büro. Ich nahm ab, am anderen Ende der Leitung war diese Frau. Ob mein Vater da sei. Ich schnauzte sie an, dass ich schon geschlafen hätte und so. Ich schlief immer schlechter. Also ging ich zu meinem Dachfenster. Da waren komische Geräusche. Ich bekam Angst – jemand brach bei uns ein. Jetzt war ich sogar sicher: Das ist mein Bruder. Er stiehlt die Stereoanlage. Ich sah sogar die Rücklichter seines Wagens hinten am Ende des Bürgersteiges. Ich hatte immer noch Angst, traute mich nicht hinunter, um zu schauen, was alles weg war. Mein Vater war ja auch schon im Bett. Aber ihn zu wecken traute ich mich auch nicht. Am nächsten Morgen traf mich fast der Schlag. Alles war an seinem Platz. Kein Einbruch. Ich sagte nichts davon meinem Vater.

Nach wie vor ging ich ins Büro. Zu meinem Glück fing auch Ellen hier ihre Ausbildung an. Wir kannten uns von der Handelsschule und verstanden uns sehr gut. In der Mittagspause spazierten wir zum See und aßen unsere Brote. Ich fühlte mich irgendwie anders. Der fehlende Schlaf, der vermeintliche Einbruch, dazu meine nachlassende Konzentration, und auch meine Gedanken schienen kreuz und quer zu schießen. Mein Vater kam eines Morgens ins Zimmer und wollte sich verabschieden, weil er für mehrere Tage an einer Konferenz teilnahm. Ich erschrak heftig, worauf er mich anfauchte: »Sei nicht so theatralisch!« Ich ging zu meinem Bus, auf der Fahrt saß eine alte Frau in meiner Nähe. Ich war überzeugt, dass sie mich anstarrte. Die weiß bestimmt, was los mit mir ist. Aber was war denn bloß los mit mir?

Eines Abends putzte ich das Bad. Morgens, ich saß schon fast in der Wanne, um zu duschen, bemerkte ich grüne, leicht gelige Spritzer am Wannenrand. Angeekelt sprang ich zurück, zog meinen Bademantel über, rannte die Treppe runter zur Stube. Ich stieß die Tür auf, mein Vater saß auf dem Sofa und trank Kaffee. Ich schrie völlig außer mir: »Wenn du schon in der Badewanne wichsen musst, dann mach den Scheiß auch selber wieder weg!« Drei Sekunden vergingen, mein Vater sprang auf, seine Augen waren derart aufgerissen, ich dachte, der bringt mich jetzt um. Ich rannte hoch, er hinterher. Ich schloss mich in meinem Zimmer ein. »Mach die Tür auf, sonst trete ich sie ein!«, schrie er. Ich ging zu meinem Dachfenster und schrie: »Hilfe, er will mich umbringen!« Mein Vater war unterdessen nach unten gerannt. »Die spinnt! Die ist verrückt geworden!« Ich brüllte aus meinem Dachfenster zu den Nachbarn. »Holen Sie meinen Bruder!« Nach einiger Zeit kam Achim tatsächlich, zusammen mit einem Freund. Ich schilderte ihnen die Situation. »Wenn ich nun schwanger bin?« Die beiden sahen sich an. »Sperma ist weiß.« Ich hatte zu dieser Zeit keine weitreichenden sexuellen Erfahrungen. »Wir fahren dich zum Frauenarzt, zur Sicherheit für dich.« Weinend stand ich in der Frauenarztpraxis. Die Sprechstundenhilfe nahm mich erst einmal zur Seite. »Was ist denn passiert?«, fragte sie. Der Doktor sprach mit mir und erklärte, dass es unwahrscheinlich sei, auf diesem Wege schwanger zu werden, und bot mir an, mit meinem Vater zu sprechen. Ich lehnte dies ab. Mein Bruder nahm mich dann mit zu sich und seiner Freundin. Noch am Abend rief ich meinen Vater an. Es tat mir so leid, und ich sagte ihm das auch. Er war mir nicht böse, wir vertrugen uns. Trotzdem blieb ich diese Nacht bei Achim.

Gegen Mittag war ich plötzlich fest davon überzeugt, dass die beiden mich umbringen wollten, und griff nach einer Schere, ging auf die Freundin meines Bruders los. Es entstand ein Gerangel, ich floh aus der Wohnung, stürzte halb die Treppe hinunter, und der Nachbar kam von gegenüber aus der Wohnung. In Panik stürzte ich durch die Glastür, rannte blutend und schreiend auf die Straße. Autos hupten und bremsten. Ich rannte zurück. Schreiend lag ich auf dem Rasen vor dem Haus. Ich riss das Gras aus der Erde und schrie: »Die wollen mich umbringen!« Es kam ein Rettungswagen. Ich wurde etwas ruhiger. Im Krankenhaus wurden Kopf- und Halswunden genäht. Anschließend bat man mich, auf den Bericht zu warten. Ich lehnte mich mit meinem Kopf an die Wand, und es fühlte sich so nass an. Ich drehte mich und sah an die Wand, sie war mit meinem Blut verschmiert. Auf einmal kam mein Chef auf mich zu. Verdutzt fragte ich ihn, ob mein Vater ihm Bescheid gesagt habe. Aber der Chef hatte sich beim Rasenmähen oder so die Fingerkuppe verletzt und war selbst zur Behandlung hier. Ich habe das aber irgendwie nicht kapiert. Nun fragte ich immer wieder nach seiner Frau, doch diese war beruflich unterwegs. Er bot mir an, nachdem er ebenfalls verarztet war, mich mit nach Haus zu nehmen und den Vater dazuzurufen. So geschah es dann.

Ich saß bei meinem Chef auf der Terrasse, zusammen mit meinem Vater. Auch jetzt war ich immer noch der Meinung, die Chefin würde gleich zu uns stoßen. Nun bemerkte ich, dass meine Klamotten mit Blut beschmutzt waren. Plötzlich registrierte ich, wie der Chef meinem Vater beschwichtigend seine Hand auf dessen Hand legte. Abrupt stand ich auf und verließ die Terrasse und das Haus. Drei Häuser weiter klingelte ich bei wildfremden Leuten. Ein Mann öffnete die Tür, und schon sprudelte ich los: »Wussten Sie, dass der Rechtsanwalt und mein Vater schwul sind?« Der Mann wurde puterrot, hinter ihm stand seine Frau. Sie musterte mich. Meine Kleidung war blutig. Etwas später kam eine Streife. Ruhig baten mich die Beamten mitzukommen. Auf dem Polizeirevier wurde zu meiner Verwunderung ganz locker mit mir gesprochen. Ich wurde gefragt, ob ich auf die zuständige Sozialarbeiterin warten würde, da es im Moment wohl für mich nicht ratsam sei, nach Hause zurückzugehen. Ich willigte ein. Einige Zeit verging, bis die Frau kam. Nach einem Gespräch schlug sie vor, mich bei einer Familie im Ort für eine Nacht unterzubringen. Sie klingelte an der Tür eines Einfamilienhauses. Die Tür ging auf, und ein Mann stand darin, hinter ihm hielt seine Frau ihr Baby hoch, und, so habe ich es in Erinnerung, es pinkelte auf den Boden. »Nein, hier möchte ich nicht bleiben!« Nun brachte die Sozialarbeiterin mich in ein Kinderheim. Vermutlich dank der Schmerztabletten schlief ich schnell ein. Allerdings meinte ich gehört zu haben, wie zwei ältere Mädchen sich zuraunten: »Das ist doch die, wo die Mutter abgekratzt ist!« Als ich aufwachte, hörte ich das Lied »Bright Eyes« in meinem Kopf, nahm im geborgten Schlafanzug eine Decke und ging nach draußen. Drinnen schliefen alle noch. Es war auf einem Dorf, und beschwingt ging ich Sandwege entlang, gesäumt von einem Kornfeld und Sonnenblumen. In diesem Moment war ich eine Filmschauspielerin und mir sicher, die ganze Zeit lang gefilmt zu werden. Irgendwie fand ich zurück zum Heim. Nach dem Frühstück erschien die Sozialarbeiterin. Sie erklärte mir, dass ich in die Nervenklinik Kiel sollte, um zur Ruhe zu kommen und abklären zu lassen, wie es um meine psychische Gesundheit stehe. Zögernd willigte ich ein. Das Taxi hielt vor einem alten Klinikgebäude. Mich beschlich ein beklemmendes Gefühl. »Nein, hier will ich nicht rein!« – »Das haben wir doch besprochen.« Mit den schlimmsten und wüstesten Ausdrücken, die ich kannte, beschimpfte ich die Sozialtante. Aus dem Gebäude kamen »die Männer mit den weißen Jacken«, so zwei Rambos für Arme. Einer öffnete meine Wagentür und forderte mich auf mitzukommen, das wäre für beide Parteien einfacher. Scheiße, dachte ich, jetzt ist die Kacke am Dampfen. Also ging ich mit, das Taxi fuhr schon fort.

2.

Mein erster Eindruck von den Frauen, die dort saßen: Sie guckten so starr, und die Augen waren so leer. Eine Schwester begrüßte mich und stellte mir ein paar Fragen. Überraschenderweise kam sie mit einem Memoryspiel. Wir spielten eine Weile, und dann wurde ich zum Arzt gebeten. Er saß hinter einem Schreibtisch, ich davor. Ich musterte ihn misstrauisch. Der Mann nannte mir seinen Namen, sagte aber weiter nichts und fragte auch nichts. Na dann – dann sage ich auch nichts. Es verging eine Zeit, und er beendete unser Schweigen. Abendbrot. Die hauen vielleicht rein, dachte ich bei mir. Gegen Ende der Mahlzeit kam eine Schwester mit einem Tablett. Darauf waren so kleine Plastikschälchen mit Tabletten darin. »Die sind für dich.« – »Die nehme ich nicht, ich will keine

Medikamente!« – »Nimm sie besser, sonst bekommst du eine Spritze.« Mir wurde ganz mulmig. Ich zog mich zurück in den Raucherbereich. Ich rauchte zwar nicht, aber so war ich diese Schwester vorerst los. Der Raucherbereich war mit zwei Holzbänken ausgestattet. Es gab eine Glasfront mit Fensterbank, auf der einige Tontöpfe mit Pflanzen standen. Dieser Bereich war von zwei Seiten erreichbar. So, nun geht es los, die »weiße Wolke«[2] versucht mich zu überwältigen. Zwei Schwestern und ein Pfleger kommen von rechts. Schnell schiebe ich die eine Bank vor die Tür. Nun kommen drei Schwestern von links. Ich schaffe es nicht schnell genug, die andere Bank vor die Tür zu schieben. Die erste Schwester kommt langsam näher, ich greife einen Blumentopf und werfe ihn in die Fensterfront. Klirrend bricht die riesige Scheibe zusammen. »Hilfe, warum hilft mir denn keiner!«, schreie ich in Angst. Rausspringen geht nicht, die Fensterscherben sind scharf und spitz. Ich schreie und schreie, werfe einen weiteren Tontopf, der eine Schwester am Kopf trifft. Sie kommen immer näher und packen mich, ich kämpfe um mein Leben. Ich werde zu Boden gerungen, überall greifen sie nach mir, ich beiße in einen Finger und glaube, an den Zähnen den Knochen zu spüren. Die packen mich von allen Seiten, die Dreckschweine, und jagen mir durch die Hose eine Spritze in den Hintern.

Ich wachte auf, ich lag in einem Bett. Was ist das denn? Die Schweine haben mich an den Handgelenken, am Bauch und an den Fußgelenken angeschnallt! So verbrachte ich eine längere Zeit in diesem Bett, schön gefesselt, damit

---
[2] Insiderjargon für einen Kriseneinsatz der Pflege in der Psychiatrie.

ich die Spritze gesetzt bekommen konnte. Ich schlief die meiste Zeit. Man fütterte mich. Es gab sogar eine Stoffserviette, immer schön in einem hübschen Plastiktäschchen verpackt. Stuhlgang ging gar nicht, Wasserlassen natürlich in die Pfanne. In einem Saal lag ich zusammen mit etwa zehn Patientinnen, Privatsphäre gleich null. Ab und zu standen Ärzte neben meinem Bett, ich bekam nichts mit. Die Handfesseln wurden – erst eine, später beide – gelöst. So konnte ich wenigstens allein essen. Die beiden Nachtwachen strickten unentwegt und sprachen sehr nett mit mir. Es wurde langsam erträglich für mich. Die Mitpatienten nahmen Kontakt auf. Erika zeigte mir ihren Finger und sagte: »Den hast du mir fast abgebissen.« Es tat mir leid, aber sie grinste mich an, was so viel wie »Ist schon in Ordnung« hieß. Meine Frage an die Schwestern war oft: »Kommt man hier wieder raus?« An die Antwort erinnere ich mich nicht.

Visite. Der Arzt vom ersten Tag stand neben meinem Bett. Seine Hand lag auf meiner Matratze. Grund genug für mich, ihn einmal herzhaft zu kratzen. Der Arsch war schneller, denn blitzschnell kratzte er zurück. Er hatte deutlich gezeigt, dass er die Macht hat.

Von nun an war ich nicht mehr angeschnallt. Leider futterte ich genauso viel wie die anderen Patientinnen damals. Ich nahm zu. Die Memory-Schwester änderte meine Klamotten, was ich sehr nett fand. Aufgrund der Spritzen und Medikamente, die ich freiwillig einnahm, war eine Besserung meiner seelischen Leiden eingetreten. Zum ersten Mal sollte ich an der BT teilnehmen. »Was ist das denn, BT?«, fragte ich ängstlich. »Die Beschäftigungstherapie«, erklärte mir die Schwester. In einem Pulk von Patientinnen und, ich glaube, zwei Schwestern gingen wir etwa 50 Meter. Die Gebäude der Uni-Nervenklinik waren älteren Baujahres und eigentlich schön, aber mir machten sie Angst. Wir gingen im Entenmarsch einige Treppenstufen hinunter und betraten eine andere Welt. Es gab so viel zu sehen. Bilder, teils fröhliche Motive mit Blumen, Tieren, Menschen; eine Mutter, die ihr Kind in den Armen wiegt. Jemand, der seine Hand nach etwas Imaginärem ausstreckt, dazwischen Perlenketten, farbenfroh, und Töpferarbeiten. Sich grämende Männer, Abdrücke von Blumen oder Pflanzen in Ton, dann wiederum Blumen aus Silberdraht, die mit einer Art farbigem Feinstrumpf über die Blüten gestülpt waren. Im nächsten Raum roch es herrlich nach nassem Holz, hier lag Peddigrohr, aus dem Körbe und Tabletts von den Patienten gefertigt wurden. Oh, hier gab es auch männliche Patienten. Eine Frau trat auf mich zu. »Sie sind Heinke?« Ich nickte und dachte, so sieht es im Paradies aus. »Sie haben sich ja etwas umgesehen, wollen Sie es vielleicht mal mit einer Perlenkette oder einem Armband versuchen? Sehen Sie, hier sind die verschiedenen Holzperlen, da habe ich Plastikperlen, groß oder klein. Sie können mit einem Nylonfaden arbeiten, aber auch mit einem elastischen Faden. Sonst, sehen Sie, habe ich auch Lederbänder hier.« Die anderen Patienten von meiner Station waren in anderen Räumen verschwunden. »Ja, dann versuche ich eine Halskette aus Holzperlen aufzufädeln«, antwortete ich. Ich suchte mir aus den Schubladen, die die Frau mir öffnete, Perlen heraus und begann diese auf ein Nylonband aufzuziehen. Das war gar nicht so einfach, weil ich von den

Medis[3] eingeschränkt war. Mir war, als hätte ich Schlieren vor den Augen. Meine Hände zitterten, was das Einfädeln nicht gerade beschleunigte. Dann wurde ich aus meiner Arbeit gerissen, die Stunde war um. Ab jetzt besuchte ich regelmäßig die BT.

Da lernte ich Günter kennen. Er hatte eine Gitarre dabei. Eines Morgens, nach dem Frühstück, hörte ich von draußen seine Stimme, begleitet von seiner Gitarre. Voller Inbrunst sang er für mich vor der Tür meiner Abteilung. »Peggy Sue, Peggy Sue, pretty, pretty, pretty Peggy Sue, oh Peggy, oh Peggy Sue, oh, oh.« Günter war ein ruhiger und sympathischer Mann. Er war 30 Jahre alt. Er schwärmte, es sei schön mit mir, eine platonische Liebe. Welche Krankheit er hatte, wusste ich nicht. Zehn Jahre später hatte ich noch einmal Kontakt zu ihm. Er berichtete, dass er nur noch ein Auge habe, wegen einer Dummheit. Er sei verheiratet und könne nur telefonieren, wenn seine Frau zur Arbeit sei. »Du hörst dich immer noch so gut an«, sagte er mit schnurrender Stimme. Danach hörte ich nie wieder etwas von ihm. Inzwischen hatte mein Arzt mir eine weitere BT zugestanden. In das Bewegungsbad durfte ich, weil ich so gerne schwimme. Später auch noch zum Sport. Es tat mir gut, denn so war ich für ein bis zwei Stunden aus der geschlossenen Abteilung heraus. Nach und nach durfte ich zunächst mit dem Personal nach draußen. Man muss sich das vor Augen halten, dass dieses weiß gekleidet war und somit jeder sofort Bescheid wusste, von welcher Klinik ich ausgeführt wurde. Das war für mich demütigend.

---

[3] Medikamente

Im Garten der Geschlossenen hielt ich mich bei gutem Wetter gerne auf. Oft lief ich mehrere Runden, zum einen wegen der Kondition, zum anderen, um Dampf abzulassen. Als ich so eine Runde nach der anderen lief und ordentlich an Tempo gewonnen hatte, ging mein Blick zum Drahtzaun. Kurz überlegte ich, sprang, so hoch ich konnte, und überwand den Zaun. Schon während des Sprunges merkte ich, wie ich mir im wahrsten Sinne des Wortes den Arsch aufgerissen hatte. Ich ging zunächst in die Hocke, meine Latschen verlor ich, rannte weiter. Ich hörte, wie die Pfleger Alarm schlugen. Ich rannte auf Kopfsteinpflaster, so schnell ich konnte. Mein Zeh wurde aufgerissen. Einen kurzen Moment spürte ich auch diesen Schmerz, ich rannte weiter, durchaus mit einer gewissen Häme. Ich hatte sie alle abgehängt. Anhand der Beschilderung erkannte ich, dass ich das Klinikgelände verlassen hatte. Nun ging ich langsam weiter, völlig aus der Puste. Erst überlegte ich, an irgendeiner Tür zu klingeln, doch auch davor hatte ich Angst. Als ich nach einer Zeit eine befahrene Straße erreichte, hupte es plötzlich. Aus dem langsam fahrenden Auto rief mir eine Schwester zu: »Heinke, komm bitte, wir suchen dich schon.« Ich zögerte, doch dann stieg ich ein. Noch zehn Minuten länger, dann wäre eine Suchmeldung der Polizei über das Radio rausgegangen. In der Klinik wurde mein Zeh verarztet, der jetzt sehr weh tat. Mit meinem Popo hatte ich noch ein Jahr zu tun.

Mein Vater kam ab und zu vorbei, und irgendwann waren die komischen Gedanken fort. Ich freute mich. Außer meinem Vater besuchten mich zwei Klassenkameraden. Der eine mochte mich mal sehr, ich ihn auch, aber nicht als festen Freund. Der andere war sein Freund, den ich sympathisch fand. Ich muss dazu sagen, dass dieser Besuch stattfand, als ich noch sehr durcheinander war. »Besuch für dich, Heinke.« Neugierig ging ich in den Raucherbereich, in dem an meinem ersten Tag die weiße Wolke auf mich zugekommen war. Da standen sie – Barne, der mich mochte, und Jockel. Ich rannte los und fiel mit einem lauten Schrei Jockel in den Arm. Entsetzt betrachteten die beiden mich. Plötzlich sprang ich auf. »Ich muss mit dem Papst telefonieren!« Die Schwester stupste mich an und sagte: »Du hast doch nicht oft Besuch.« Mein Verhalten kam mir selbst komisch vor, aber ich konnte nicht anders.

3.

In der Klapse erlebte ich meinen 18. Geburtstag. Die Schwestern hatten meinen Frühstücksplatz liebevoll mit frischen Blumen geschmückt. Trotzdem, so hatte ich mir diesen Tag nicht vorgestellt, nicht hier und, ach, überhaupt. Nach drei Monaten holte mich mein Vater zurück nach Hause. Für ungefähr drei Wochen wurde ich krankgeschrieben. Die Medikamente nahm ich weiterhin ein. Die Folgen waren ständige Müdigkeit, Trägheit und Hunger. Als ich wieder im Büro aufschlug, wog ich zwölf Kilo mehr. Meine Chefs hatten mit der Klinik abgeklärt, ob ich auch keine Dienstgeheimnisse ausgeplaudert hätte, und weil dies nicht der Fall war, konnte ich meine Ausbildung fortsetzen. Anfangs bemerkte ich die beginnenden Schikanen meiner Chefin und deren rechter Hand nicht. Schleichend drangen sie in meine verletzte Seele ein. Im Büro der Chefin: »Heinke, sind Sie schnell gegangen?« Gemeint war der Botengang zu dem Gericht, zum Kreishaus und in die Stadt. Ich überlegte kurz und erwiderte ehrlich: »Ja.« Etwas angewidert rümpfte sie ihre Nase und sagte: »Ja, das riecht man!« Ich duschte und wusch mich, benutzte Deodorant, auch meine Klamotten wusch ich so wie vor meiner Erkrankung. Zum Glück lernte meine Freundin mit mir in der Kanzlei, und so fragte ich sie gleich, ob sie finde, dass ich stinke. Sie schüttelte den Kopf. Ich war den Tränen nahe. »Lass sie reden, wir gehen in der Mittagspause an den See und quatschen«, sagte Ellen. Meinen Rückstand in der Berufsschule konnte ich gut aufholen. Aber ich musste mich sehr anstrengen, um meine Arbeit zu schaffen. Die Anranzer der Chefin fürchtete ich, sie gaben mir das Gefühl, nicht gut genug zu sein. Die Abschlussprüfung bestand ich mit »befriedigend« und ich wurde von der Anwaltspraxis übernommen, während Ellen woanders anfing.

Mein Vater hatte eine neue Frau kennengelernt. Es war nicht die erste Frau nach Muttis Tod. Renate war nicht unsympathisch. Sie war oft bei Vater, zog aber nicht ein. Nun war ich ja ausgebildete Rechtsanwalts- und Notargehilfin, und mein Urlaub stand bevor. Eine gute Freundin suchte für ihre 38-Quadratmeter-Wohnung einen Nachmieter. Also bewarb ich mich für die Wohnung, und ab in den Urlaub mit Freundin Lena nach Jugoslawien. Es war mein erster Flug und richtig aufregend. Mit einer dreimonatigen Knäckebrot-Apfel-Joghurt-Diät à la Heinke hatte ich zwölf Kilogramm abgenommen und war bereit für Flirts und Sonne. Lena war genauso aufgeregt wie ich. Als wir im Flieger saßen, schaute ich in dieses Netz mit Unterlagen: »Wie verhalte ich mich im Notfall?« Dort war die Kotztüte, und ich sagte spontan zu Lena: »Ob die groß genug ist?« Sie rümpfte grinsend die Nase. »Du bist eklig!« Wir lachten albern. Der Start schlug mir auf den Magen, doch es dauerte zum Glück nicht lange, und wir flogen ruhig ohne bedrohliche Schlenker. Auch die Landung war okay. Beim Aussteigen lachten wir schon wieder. Die heiße Luft umfing uns, als kämen wir in eine Sauna. Mit einem Bus gelangten wir in unser Hotel, das ebenfalls in Ordnung war. Die Zimmer waren zufriedenstellend. Nach zwei Stunden erkundeten wir die Strandpromenade. Es war einfach toll hier. Lauter junge Leute, das schöne Meer, die Bäume, die ganz andere Fauna und Flora. Wir fielen auf, weil wir käseweiß waren. Zwei Jungs gingen an uns vorbei, wir saßen auf einer Mauer, direkt am Weg zur Promenade. Der eine, klein, dick und lockiges Haar, sah lustig aus und spielte Mundharmonika, der andere groß, blond, schöner Body; sie grinsten uns an und kamen zu uns. Mit etwas Englisch konnten wir uns verständigen, die beiden waren Jugoslawen und machten Campingurlaub in Poreč. Wir sahen sie später wieder. Nach dem Abendessen wollten Lena und ich unbedingt noch baden. Wir schnappten uns unsere Badesachen, und ab ins Wasser. Lena war schon etwas weiter hinausgeschwommen, und plötzlich schrie sie auf: »Was ist los?«, rief ich erschrocken. »Au!«, schrie kurz darauf auch ich. Ein brennender Schmerz traf mich. Das waren Feuerquallen! Nun lachten wir beide, sahen aber zu, schnell aus dem Wasser herauszukommen. Wir trafen dann schon wieder unsere beiden Jungs. Es wurde kräftig geflirtet. Lena und ich verstanden uns recht gut. Sie las viel, wenn wir im Zimmer waren. Wir lernten auch andere Jungs kennen, als die ersten wieder nach Hause fuhren. In der Disco war es aufregend. Alles war unter freiem Himmel und riesengroß. Wir fanden selbst, dass wir nicht genug und nicht die richtigen Klamotten dabeihatten. Also wuschen wir im Hotelzimmer T-Shirts, Röcke etc. Bei der Reiseleiterin buchten wir eine Schifffahrt nach Venedig. Das Wetter war vom Feinsten, die See wie gebügelt. An Bord erhielten wir ein Käsebrot und einen grünen Apfel. Lena aß nichts davon, sie meinte, dass der Käse sich schon wellte, und der Apfel sei so grün, dass allein der Anblick Durchfall verursache. »Ich hab Hunger«, sagte ich zu ihr und aß beides auf. In Venedig war es toll. Auf dem Markusplatz sah ich zunächst Menschen und Schirme, Letztere waren rot-weiß gestreift. Man erklärte uns, wir sollten diesen Schirmen folgen, und wir hätten nun zwei Stunden Zeit zur freien Verfügung. Wir bummelten durch enge Gassen. Dort war ein Fischgeschäft, die Auslage beeindruckte mich sehr. Auf Eis lagen Fischspezialitäten, so hatte ich das noch nicht gesehen. An einem anderen Stand kaufte jede von uns ein geringeltes Kleid. Und ich ein paar Sandalen, die aber nicht passten, wie ich erst später bemerkte. Lenas Kleid war zu groß. Zur Erinnerung an diesen wunderschönen gemeinsamen Urlaub kauften wir uns Ringe. Sie nahm den Stein in Rosa, ich in Blau. Dann schenkten wir uns gegenseitig die Ringe. Die Zeit war um, wir gingen zeitig zum Treffpunkt, weil wir etwas Angst hatten, das Schiff zu verpassen. Die Rückfahrt war auch schön. Lena setzte sich an Deck auf einen Platz. Plötzlich kam so eine Schickimicki-Tante und rief heftig gestikulierend: »This is my place, where shall I sit? On the sea?« Lena sah hoch, und ich sagte zu der Frau: »Perhaps!« Vom Schiff ging es noch ein kleines Stück mit dem Bus bis nach Poreč. Ich kramte im Bus nach meinem Kamm und meinte, dass mir dabei etwas aus dem Rucksack gefallen sei. Ich schaute mich auf dem Boden um, aber dort lag nichts. Wir stiegen dann aus und gingen ins Hotel.

Zwei Tage vor der Abreise stellte ich entsetzt fest, dass mein Personalausweis verschwunden war. Die Reiseleiterin kümmerte sich nicht darum. Lena und ich fuhren mit einem Linienbus zum Busbahnhof. Ich durfte sogar in den Bus gehen und nach meinem Ausweis suchen. Dort war er nicht! Nun rief ich heulend meinen Vater an. Meinen Reisepass hatte ich zu Hause gelassen. Er wollte sich beim Flughafen erkundigen, ob die Möglichkeit besteht, den Pass per Flugzeug von Hamburg nach Pula zu transportieren. Dies würde ich aber erst am Abflugtag erfahren. Wir fuhren dann zum Flughafen, mein Koffer war bereits eingecheckt, im Handgepäck waren Taucherbrille, Schnorchel und Föhn. In der Reihe hinter Lena tippte mich ein uniformierter Mann an und forderte mich auf, ihm zu folgen. Mir schnürte es die Kehle zu, während ich ihm folgte. Die Passagiere schauten sich nach mir um, und ich fing an zu schluchzen. Eine Frau kam dazu, sie sprach Deutsch, fragte, ob ich nicht etwas Dokumentenähnliches vorweisen könne. Leider hatte ich nur ein Schreiben meiner Krankenkasse dabei, welches jedoch für sie nicht akzeptabel war. Meine »Freundin« hatte ich zuvor natürlich gefragt, ob sie, gesetzt den Fall, dass ich nicht mitfliegen könnte, mit mir hier bliebe. »Nein, ich muss Montag zur Arbeit«, sagte sie. Sie gab mir ihre letzte

Kohle, denn ich war nahezu blank. Plötzlich wurde ich über den Flughafensprecher ausgerufen. Wieder kam jemand vom Flughafenpersonal und brachte mich zum Telefon. Papa war dran und erklärte: »Heinke, dein Reisepass kommt erst morgen mit dem Flugzeug, hab keine Angst, notfalls hole ich dich mit dem Auto!« Ich weinte immer noch bitterlich, war jetzt jedoch etwas beruhigter. Danach kümmerte sich eine andere Reiseleiterin um mich. Für die Nacht wurde ich in ein Hotel gebracht. Es war nur noch ein Doppelzimmer frei, dieses kostete mich 60 DM. Am nächsten Morgen sollte ich um 08:00 Uhr am vereinbarten Treffpunkt warten. Um die Papiere würde sich die Reiseleitung kümmern. Eventuell müsse ich nach Belgrad zur Botschaft fahren, um Ersatzpapiere zu beantragen. Bei diesem Gedanken wurde mir schlecht. Denn so, wie ich die Reiseleiterin verstand, müsste ich mit dem Bus alleine dorthin fahren. In einem kommunistischen Land, mit 19 Jahren, allein, ohne Kohle! Vor lauter Aufregung bekam ich Durchfall. Ausgerechnet beim Abendessen. »Wo sind die Klos?«, fragte ich mich in Bedrängnis. Dann peste ich auf mein Zimmer, der Weg war weit. Puh, gerade noch mal geschafft. Ich duschte kurz, ein Stück Seife und Handtücher waren im Bad, und mein Föhn – ich war ja bestens ausgerüstet. Später wagte ich einen kleinen Spaziergang. Ich war nur ein kleines Stück gegangen und sah mich um. Mein Orientierungssinn war nie gut gewesen, und schließlich wollte ich wieder zurückfinden. Plötzlich sprach mich ein braungebrannter Mann um die 50 freundlich an: »Junge Dame, sprechen Sie Deutsch?« Verdutzt bejahte ich. »Ich will in den Ort, wollen wir gemeinsam einen Bummel machen?« Er sah ganz nett und freundlich aus, und so stimmte ich zu.

Während des Spazierganges erzählte ich ihm, dass ich meine Papiere verloren hätte und ich ohne meine Freundin morgen heimzufliegen hoffte. Dabei erwähnte ich, dass mein Gepäck lediglich aus Taucherbrille, Schnorchel und Föhn bestand und ich besorgt sei, ohne Wecker zu verschlafen. Heute weiß ich natürlich, dass man sich im Hotel telefonisch wecken lassen kann. Der nette Mann bot mir sofort seinen Wecker an. Das erleichterte mich. Im Ort herrschte reges Treiben. Eiscafés, Bars und kleine Geschäfte waren noch geöffnet. Selbst am Abend war es heiß und staubig. Er lud mich zu einer Waffel Eis ein. Stolz berichtete er mir von seiner Tochter, die nur etwas jünger sei als ich. Er habe ihr das Parfüm Opium gekauft, welches, so betonte er, nicht ganz billig gewesen sei. Der nette Herr und ich brachen auf. Überraschend meinte er, er würde gerne an der Küstenseite zurückspazieren und kurz baden. Okay, dachte ich und stimmte zu, denn es waren immer noch viele Touristen an dem Steinstrand. Wir blieben an einem freien Plätzchen, und plötzlich entblätterte er sich und tapste splitterfasernackt ins Wasser. »Kommen Sie doch mit!« Ich hatte Angst, dass das Salzwasser an meiner Wunde brennen könnte.

An unserem eigentlich letzten Abend, bevor Lena und ich gemeinsam hatten zurückfliegen wollen, waren wir in der Disco gewesen. Ich trug meine Jesuslatschen. Das war der Punkt. Wir waren dort mit zwei Jungs, als ich in eine Scherbe trat. Mein Fuß blutete tierisch, und mein Typ rannte los, um Verbandsmaterial aufzutreiben. Er kam leider ohne Pflaster oder Binde zurück. Nun zückte er seine Zigarette und brach sie in zwei Hälften. Ich sagte zu Lena: »Doch nicht mit Feuer?« Wir sahen uns leicht entsetzt an.

Nein, er pulte den Tabak aus der Zigarette heraus und drückte ihn vorsichtig in meine blutende Wunde. Ja, es hörte auf zu bluten. Doch von da an beobachtete ich mein Bein. Würde ich jetzt eine Blutvergiftung bekommen?

Als der nette Herr aus dem Wasser zurückkam, blickte ich peinlich zur Seite. Jetzt kommst, er bat mich allen Ernstes, ein Foto von ihm zu machen, nackt, für zu Hause! Ich den Apparat, klick, rote Birne und Kopf zur Seite. Und danach blieb er nackt neben mir sitzen, er hatte schließlich kein Handtuch dabei und musste den Körper trocknen. Na ja, säße Billy Idol[4] neben mir, das wäre was ganz anderes. Jedenfalls gingen wir dann zu seinem Hotelzimmer, er gab mir seinen Wecker, den ich morgens an der Rezeption für ihn abgab. Meine Papiere waren Gott sei Dank von Papa rechtzeitig in Hamburg abgeschickt worden, und ich wurde nach Hause mitgenommen! Papa wartete im Flughafen auf mich, ich war so froh. Wegen meines Fußes ging ich gleich zum Arzt. Er holte den Tabak mit einem spitzen Teil aus der Wunde, was nicht sehr angenehm war. Außerdem erhielt ich eine Tetanusspritze.

4.

Vor meiner Erkrankung hatte ich schon einige Fahrstunden genommen. Mein Fahrlehrer war ein ruhiger und sehr

---
[4] Meine Lieblingskneipe in meiner Stadt war das »Klackermatsch«. Wirt Piet legte Billy Idol auf, wenn ich das »Klacker« betrat.

netter Mann. Als ich nach den inzwischen vergangenen fast vier Monaten wieder den Unterricht aufnahm, sah er die Narbe am Hals, und er fragte mich, ob die von der Mandeloperation komme.

Das war auch eine Geschichte für sich. Oft litt ich an Mandelentzündungen, und der HNO-Arzt riet mir zur Entfernung. Ich ging ins Krankenhaus, und die Mandeln wurden auf meinen Wunsch hin bei örtlicher Betäubung herausgeschnitten, weil ich schon einige Narkosen hinter mir hatte und es mir nach dem Aufwachen sehr elend ergangen war. Fehlentscheidung! Sechs Spritzen in jede Mandel und dieses schreckliche Knirschen! Geziept hatte es, und das Blut lief in den Rachen und spritzte dem Arzt ins Gesicht. Zunächst schien alles in Ordnung zu sein. 14 Tage Krankenhausaufenthalt, und ich ging wieder zur Arbeit. Kurz darauf war ich bei meiner Oma zusammen mit meinem Bruder Achim. Sie hatte für uns Himbeerkuchen, doch die Beeren kratzten, und ich hatte Schmerzen. Oma sagte noch: »Nun iss doch den Kuchen!« Mein Bruder aber merkte es mir an und sagte zu mir, dass ich den Kuchen doch liegen lassen solle. Am nächsten Morgen wachte ich auf, weil ich immer schlucken musste. Beunruhigt stapfte ich die Treppen hinunter ins Badezimmer, um den Mund auszuspülen. »Ah, Blut! Papa, ich glaube, die Wunde ist auf, ich blute!« Mein Vater hatte noch geschlafen und beruhigte mich erst einmal. »Leg dich hin, es hört vielleicht gleich auf.« Doch es wurde nicht besser. Papa rief beim HNO-Arzt an, der mich auch operiert hatte. Ich sollte in die Praxis kommen. Mein Vater und ich machten uns rasch fertig, und er fuhr mich zum Arzt, der mir Spritzen zur Blutgerinnung gab. Mein Vater könne mich dann später abholen. Doch nach etwa zwei Stunden ließ die Wirkung der Spritze nach. Wieder und wieder bekam ich eine erneute Spritze. Inzwischen war es 18:00 Uhr geworden, und der Arzt sagte, es sei besser, wenn ich ins Krankenhaus käme. Dort im Zimmer war ich allein. Ungerufen kam keine Krankenschwester in das Zimmer herein. Nun erbrach ich mich und wurde panisch. Ich drückte einige Male den Klingelknopf. Als es dauerte und dauerte und niemand kam, rief ich: »Hilfe, ich verblute!« Eine genervte Schwester kam und brummte: »Der Arzt ist unterwegs!« Der erklärte mir, dass ich operiert werden müsse, jedoch sei das Einverständnis meines Vaters nötig, weil ich nicht volljährig sei, aber mein Vater sei telefonisch nicht erreichbar. Zu diesem Zeitpunkt war es 19:30 Uhr. Mein Vater hatte den Anrufbeantworter angestellt, nur dieser Arzt wollte nicht darauf sprechen. »Operieren Sie mich endlich, oder soll ich sterben?« Ich wurde operiert, dieses Mal unter Vollnarkose. Es ging gut, und nach 14 Tagen und fünf Kilo weniger – ich wog nur noch 55 Kilo bei 1,75 Metern Größe – war ich wieder okay.

»Nein«, antwortete ich meinem Fahrlehrer, »die Narbe ist nicht von der Mandeloperation.« Gerne hätte ich ihm von meinen Sorgen erzählt, es ging aber nicht. Die Fahrstunden bei ihm waren immer schön. Noch heute, 30 Jahre später, fährt er manchmal mit seinen Fahrschülern durch meine Straße und winkt mir lächelnd zu.

Ein dicker Briefumschlag lag zu Hause für mich auf dem Bord. Absender war die Wohnungsgenossenschaft. Ich hatte mich vor einigen Monaten dort nach einer

Wohnung erkundigt. Im Umschlag lag der Mietvertrag für diese Wohnung. Ich unterschrieb ihn und war schneller als gedacht ausgezogen. Papa renovierte die zwei Zimmer und half mir beim Aussuchen der Gardinen. Renate, die neue Frau meines Vaters, drängte im Möbelhaus zum Kauf einer Wohnzimmergarnitur. Gern erzählt sie davon, wie sie mir beim Einräumen des Küchenschrankes geholfen habe und ich gegrinst haben soll. Manchmal könnte ich ins Essen brechen, so zuwider ist mir diese Frau. Der Umzug mit meinen Möbeln ging ratzfatz. Eine Möbelspedition packte meine Sachen ein, fuhr sie nach Bad Segeberg und räumte alles nach meinen Wünschen an seinen Platz. Als ich meinen Vater eher ängstlich fragte: »Wie viel Klopapier brauche ich denn so?«, antwortete er grinsend: »Das kommt ganz darauf an, wie viel du sch…!« Er wollte sich ausschütten vor Lachen über seinen Witz. Oft fragte ich mich, ob andere Familien ein schöneres Leben führten. Ich kam mir vor wie ein geprügelter Hund, der immer wieder angerannt kommt und erwartungsfroh um Streicheleinheiten bettelt. Wenn ich genau darüber nachdenke, war auch meine Mutter nicht der ruhende Pol. Sie war oft genervt von mir und wies mich ab. Ein Albtraum, der mich verfolgte, seit wir in Wahlstedt wohnten, ging immer so: Ich komme im Sommer zu unserem Haus und klingle an der Tür. Meine Mutter öffnet und schaut sich um. Ich bin nämlich eine weiße Maus, und sie sieht mich dort unten einfach nicht. Auf der anderen Seite erinnere ich mich, dass, als ich etwa 13 Jahre alt war, sie auf einmal anfing, sich für mich und für das, was mir wichtig war, zu interessieren. Als mein Bruder von zu Hause ausgezogen war, wurden wir richtige Freundinnen.

Nun lebte ich in meiner kleinen Wohnung. 38 Quadratmeter für mich allein. Ich war jedoch bedrückt, wie gelähmt. Meine Arbeit konnte ich nicht mehr gewissenhaft erledigen, weil ich mich einfach nicht konzentrieren konnte. So gab Frau Mücke mir ein kurzes Diktat und sagte energisch: »Das schreiben Sie fehlerlos ab!« Schnellen Schrittes begab ich mich in das hintere Büro, spannte das Briefpapier ein und – vertippte mich prompt im ersten Satz. Scheiße, dachte ich, nahm den Bogen raus, zerriss ihn und warf ihn in den leeren Papierkorb neben mir. Zitternd spannte ich das nächste Blatt in die Schreibmaschine und begann den Text extrem langsam abzutippen. Zum Glück war er diesmal fehlerfrei. Ich ging zu Frau Mücke, klopfte an ihrer Tür, ging hinein und setzte mich. Sie las mit Argusaugen den Brief und sah mich schließlich an. »Gut, Heinke!« Doch meine Mutter hatte in mein Poesiealbum den Spruch geschrieben: »Sei in deinem weiteren Leben stets ehrlich, treu und fleißig, so braucht dir um deinen weiteren Werdegang nicht bange sein.« – »Frau Mücke, dies ist der zweite Brief, im ersten habe ich einen Fehler gemacht.« – »Was haben Sie damit gemacht?« – »Ich habe ihn zerrissen und weggeworfen.« – »Dann nehmen Sie sich den zerrissenen Brief und kleben ihn mit Tesafilm wieder zusammen.« Ich war so bestürzt, mit so einer Reaktion hatte ich nicht gerechnet. Ich schluckte und machte, wozu sie mich angewiesen hatte. Ich hasste sie dafür – ich tue es bis heute. Wäre ich aufsässig geworden, hätte sie einen Grund gehabt, mich zu entlassen.

Kurz darauf überwies mich der Psychiater in die Uni-Nervenklinik. Anders als bei meinem ersten Aufenthalt war es diesmal auszuhalten. Ich war nicht im Wachsaal untergebracht, sondern in einem Zweierzimmer. In der Zeit, bevor ich in die Klinik kam, litt ich sehr unter der Einsamkeit und der belastenden Arbeit. Ich sollte Bewerbungen schreiben, so der Hornbrillenaffe. Ich schrieb einige, doch es ergab sich nichts daraus. Nach knapp vier Wochen konnte ich schon wieder zurück nach Hause. Die Arbeitgeber ließen mir die Kündigung durch einen Lehrling persönlich zustellen. Sie befreiten mich bis zum Ende der Kündigungsfrist vom Dienst bei vollem Lohnausgleich. Meine Kolleginnen besuchten mich und brachten Trüffelpralinen als Geschenk mit. Aber ich war raus, ich hasste sie alle. In der Zeitung las ich von einem Stellenangebot. In Wahlstedt hatte sich eine neue Anwaltskanzlei niedergelassen. Ich schnappte mir meine Bewerbungsunterlagen und fuhr direkt dorthin. Ich erinnere mich noch, wie meine Brillengläser beschlugen, als ich in das Büro eintrat. Eine Frau begrüßte mich. Meine Brille nahm ich von der Nase und stellte mich vor. Interessiert schaute sie mich an, nahm meine Unterlagen in die Hand und bedankte sich bei mir. »Sie hören dann von uns.« Und tatsächlich, nach nur einer Woche erhielt ich per Post eine Einladung zum Vorstellungsgespräch. Die Herren machten einen sympathischen Eindruck. Sie fragten mich, aus welchem Grund ich mit 20 Jahren schon allein lebte. »Weil ich selbstständig sein möchte.« Und zum Schluss hatte ich die Gelegenheit, Fragen an sie zu stellen. »Wo sind Ihre Akten?«, fragte ich sofort. Verblüfft wechselten sie Blicke, übrigens auch mit der Frau vom Empfang. Sie öffnete eine Schublade. »Das ist unsere Hängeregistratur.« In der Praxis Mücke hatten wir die Akten mit »Aktenschwänzen«[5]

---

[5] Angehefteter Titel und Vorgangsnummer.

versehen. Alle, auch ich, lächelten. Eine weitere Woche darauf erhielt ich die Zusage, und ich war überglücklich. Am Anfang des neuen Jahres begann mein erster Arbeitstag. Doch auch hier ließ die erste Kritik nicht lange auf sich warten. Es ging um die Berechnung der Höhe eines Streitwertes. Dieser war im Diktat des Chefs meines Wissens nach falsch berechnet. Der Wert war zu niedrig. Ich berechnete den Wert neu, so wie ich es gelernt hatte. Der Brief ging an die Versicherung. Gleich am nächsten Tag riefen die Chefs mich zu sich, weil ich den Wert eigenständig neu berechnet hatte. Es gab ordentlich Schelte. Ich zeigte meinen Chefs im Fachkundebuch, wie der Wert zu errechnen sei. Am Tag darauf ging der Scheck der Versicherung in voller Höhe ein. Wieder sollte ich ins Büro traben. Die beiden lobten mich und bezeichneten mich als »ihr bestes Pferd im Stall«. Darauf muss man erst einmal kommen. Meine Probezeit sei beendet, weil ich sehr zufriedenstellende Arbeit leiste. Ich hatte mich sehr angestrengt, und wieder ging es los mit meiner Krankheit. Ich konnte nachts nicht einschlafen. Am Tag fiel es mir immer schwerer, mich zu konzentrieren. Versagensängste quälten mich. Ich kämpfte so dagegen an. Nach einem weiteren Fehler – es ging um Zinsberechnungen, die ich nicht hinbekam – blieb ich abends länger im Büro, um die Arbeit zu bewältigen und meinen Job zu behalten. Doch ich konnte nicht mehr. Am nächsten Morgen rief ich im Büro an und meldete mich krank – aber wie: Ich jodele jetzt erst einmal um den See. Die Kündigung kam per Post.

In meiner Wohnung herrschte Chaos. Alle Sachen waren aus den Schränken geräumt, und ich hatte sie so platziert, dass sich daraus geheime, aber logische Botschaften bildeten. Der Schlüssel zum Bad war mir verloren gegangen. Die Tür war abgeschlossen. Kurzerhand ließ ich heißes Wasser ins Küchenspülbecken laufen, dort hinein kamen Kamillenblüten. Meine langen Haare wusch ich darin, die Blüten blieben zum Teil in meinem nassen Haar. Es roch, so fand ich, prima. Schnell von Oma die Wollstulpen an, die die Schleswig-Holstein-Farben hatten, dazu einen Pulli und den blauen Strohhut aus Venedig. Sieht doch toll aus, dachte ich zufrieden. Ich verließ meine Wohnung in Richtung meiner alten Schule. Dort stolzierte ich in den Innenhof, es war gerade Unterricht. Mir wurde schlecht, und so legte ich mich auf den Rasen. Im oberen Stockwerk schauten neugierig einige Schüler aus dem Fenster. »Was machst du denn da?« – »Ich liege hier, das siehst du doch!« Sie lachten. Eine Lehrerin kam in den Hof. »Geht es Ihnen nicht gut?« – »Mir ist übel, kann Herr Schutt nicht kommen?« Er war mein Klassenlehrer, vor vier Jahren. Die Lehrerin holte ihn tatsächlich. An das Gespräch mit ihm erinnere ich mich nicht genau. Jedenfalls sei ein Krankenwagen bestellt. Das hieß nichts Gutes. Ich stand auf und ging los – ich wollte zu Barne in die Klasse, dabei war er schon längst fertig mit der Schule. Also trottete ich in das andere Schulgebäude und merkte, dass Herr Schutt und zwei weitere Lehrer mir auf den Fersen waren. Zack, ging ich in einen Klassenraum, Tür zu. Dort unterrichtete meine damalige Englischlehrerin. Verblüfft sahen mich alle an. An der Tafel stand »that was before«. Ich schnappte die blaue Kreide und unterstrich diesen Satz. Dann war da ein süßer Junge. Er sollte mich in der letzten Reihe vor meinen Verfolgern verstecken. Tatsächlich, es wurde an die Tür geklopft, und der Dreiertross kam herein. Alle lachten. »Heinke, bitte kommen Sie.« Vorsichtig stand ich auf und ging zu Herrn Schutt. »Was soll ich denn nun mit Ihnen machen?«, fragte er vor der Klassentür besorgt. »Ins Krankenhaus!« Kurze Zeit später traf ein Krankenwagen ein und brachte mich ins Kreiskrankenhaus. Dort sprach ein sehr netter Arzt lange mit mir. Ich schilderte meine Situation und dass ich sehr schlapp und auch fertig war. Er schlug mir vor, dass ich erst einmal die Nacht bleiben solle. Auch fragte er mich, ob er meinen Vater anrufen und verständigen solle. Ich lehnte ab, mit der Begründung, dass mein Vater sich keine unnötigen Sorgen machen solle. Ich kam in ein Vierbettzimmer. Eine alte Frau jammerte und zog ungeschickt an ihrem Kopfkissen. Darauf stand ich auf, ging zu ihr und fragte sie, ob ich ihr Kopfteil anheben sollte. Da fing sie urplötzlich an zu schreien. Ich erschrak total, und gleich kamen zwei Krankenschwestern in das Zimmer. Ich versuchte die Situation zu erklären, aber die Alte schrie und fuchtelte mit den Armen. Eine Schwester brachte mich hinaus. Der Arzt kam. Auch ihm schilderte ich, was sich zugetragen hatte. Er glaubte mir und fragte, ob ich auf einem Notbett in einem separaten Raum schlafen könne. Na ja, dachte ich, besser als gleich in die Klapse. Am nächsten Tag wachte ich früh auf. Ich stand auf und trat auf einen Balkon. Dort begann ich zu schreien. »Ich will mich entfrusten, ich will mich entkrusten!« Ich lag auf dem Rücken auf dem Boden, als die Schwester angerannt kam. Der nette Arzt kam später und fragte mich, ob es nicht besser wäre, wenn ich in die Nervenklinik ginge, er könne nichts mehr für mich tun. Ich willigte traurig ein, und wieder ging es mit dem Krankenwagen nach Kiel.

5.

Die Station war in einem neuen Gebäude, und ich hatte eine Ärztin. Sie war jung und machte auf verständnisvoll. Meine Freundin Netti und mein Freund – ich nenne ihn mal den »Preußen« – kamen zu Besuch. Ich habe keine Ahnung wieso, aber ich hatte Schiss, aufs Klo zu gehen, und kroch auf dem Boden, als die beiden kamen. Es war bizarr, ich sah mich selber, wie ich auf dem Boden war und die beiden sich entsetzt anschauten. Schnitt. Meine Freunde waren fort, ich lag im Bett, halb erstarrt vor Angst, und pinkelte aufs Laken. Schwester Edna murrte, bezog das Bett neu. Sie bewegte sich wie ein Wiesel, ihre Augen wurden durch die dicken Brillengläser ganz klein. Ihr Haar war rot gefärbt. Sie war ganz nett. Das Zimmer teilte ich mir mit einer jüngeren Patientin. Sie kam aus Flensburg. Jedes Wochenende besuchten sie ihre Eltern und ihr Bruder, manchmal fuhr sie auch einen Tag mit nach Hause. Anne, so ihr Name, bekam im Zimmer Krankengymnastik. Ihr Bein war teilweise taub. Von anderen Patienten hörte ich, sie sei drogenabhängig und habe angeschafft, um ihre Sucht zu finanzieren. Das konnte ich gar nicht glauben. Wir waren ständig am Herumkaspern. Zum Beispiel holte sie ihre Schminksachen hervor und verpasste mir einen Indianerlook – sich selbst auch. Dann gingen wir auf den Flur und kringelten uns wegen der blöden Gesichter der anderen. Aber diese Aktionen schaukelten mich hoch. Auf der Station war eine Patientin, die angeblich kein Deutsch verstand. Sie war eine richtige Kampfmaschine. Ging sie den Gang entlang, drückten sich die Patienten ganz dicht an die Wand. Sie solle klauen, hieß es auch. Ein anderes Mädchen spielte auf der Gitarre. Zuvor hatte ich Besuch von meinem Vater und Renate. Meine ältere, mir sehr zugetane Freundin Helga kam in den Raum. Freudig sagte ich zu meinem Vater: »Guck mal, sieht sie nicht aus wie Mutti?« – »Das kann ich nicht sagen«, brummte er. Helga, meine Freundin, verzog sich schnell. Als mein Besuch wieder fort war, kam mir die Gitarrenspielerin entgegen. Ich nahm die Gitarre und schlug sie kurz und klein. Wir machten einen Versicherungsschaden daraus – Papa war schließlich Versicherungskaufmann. Es gab gleich ein Becherchen Tropfen mit den Worten: »Hier, ein kleiner Schnaps.« Danach lag ich stundenlang benebelt im Bett. Ich hatte mir meine Botten mitbringen lassen. Wann das genau war, kann ich nicht sagen. Aber mit Botten kann man Glastüren super eintreten, das tut nicht mal weh. Zweimal habe ich die Tür zerlegt, beim letzten Mal konnte ich sogar ein paar hundert Meter abhauen. Danach wurde eine Spanplatte in die Tür gesetzt. Helga warnte mich besorgt. »Heinke, du kommst nach Heiligenhafen. Verhalte dich ruhig, bitte, ich würde dahin nur mit dem Kopf unter dem Arm gehen.« Nach der Gitarrenaktion kam ich in den Wachsaal. In dem befanden sich etwa zehn Betten. In einem mit Glas abgetrennten Schwesternzimmer hielten sich ständig eine oder zwei Schwestern auf, die uns im Auge behielten. Ich muss aber diesen Schwestern zugutehalten, dass sie mich nicht gern wegbringen lassen wollten. »Heinke, bleib ruhig, nimm deine Tabletten nach Bedarf!« Sie strich mir über die Schulter und lächelte mich freundlich an. Eine andere Patientin redete derweil massiv auf mich ein. Die Schwester hingegen versuchte mich zu beruhigen. Diese Patientin hatte die Feuerwehr gerufen. Nach dem dritten Fehlalarm wurde das Patiententelefon ausgestöpselt. Ich selbst hatte auch irgendwelche Leute angerufen und um Hilfe gebeten. Meinen Chef aus der Rechtsanwaltspraxis zum Beispiel, den rief ich morgens um 07:00 Uhr unter seiner Privatnummer an. Seine Frau war ans Telefon gegangen, und sie hatte mich trotzdem sehr respektvoll behandelt. Zunächst konnte ich mich einkriegen. Nach ein paar Tagen durfte ich zurück zu Anne. Bei einer Chefarztvisite fragte ich, ob ich nicht mal in eine Vorlesung mitkommen könne – mit dem vagen Hintergedanken, mich dabei zu verdünnisieren. Das klappte tatsächlich. Leicht wirr saß ich wie ein zu begaffendes Zootier auf einem Stuhl vor was weiß ich wie vielen Medizinstudenten in einer Psychiatrievorlesung. Sie stellten mir Fragen, die ich überlegt beantwortete. Zum Schluss kam eine Frage nach meiner Sexualität. Ich wechselte gleich das Thema. Dann stand ich auf und quatschte einen Studenten an, ob er mich am Wochenende besuchen komme. Er sagte ja. Am Wochenende kam keine Sau. Ich sollte jedoch noch einmal zu einer Vorlesung. Bevor es zu dem Frage-und-Antwort-Spiel kam, machte ich die Studenten an. Ich rannte die Treppe hinauf, durch die Tür, immer weiter. Da war ein großes Fenster, ich öffnete es, sah hinab in die Tiefe und rief: »Ich kann fliegen!« Ich glaubte den Quatsch selbst. Ein Mann unten wedelte mit beiden Armen. »Nicht! Nicht, bleib, wo du bist! Warte, ich komme!« Inzwischen war eine andere Horde Typen angelaufen gekommen, und die nahmen mich zurück auf Station. Wieder gab es eine Extraportion Medis. Die Gespräche mit der Ärztin brachten mir nichts. Ich konnte ihr nicht vertrauen, und bis ein Gespräch in Gang kam, waren die anberaumten 20 Minuten der Sitzung schon zu Ende. Es gab auf der Station einen Arzt, den ich gern gesprochen hätte. Aber es war mir nicht möglich, von ihm behandelt zu werden. Aus Ärger darüber nahm ich eine Vase, füllte sie mit Wasser, und während er ein Therapiegespräch in seinem Zimmer führte, goss ich das Wasser unter dem Türrahmen hindurch. Ich wollte provozieren und so doch vielleicht seine Patientin werden. Es klappte nicht. Völlig sauer machte ich Edna an, während sie das Wasser auffeudelte. Ich schlurfte hinter ihr ins Büro. »Das trage ich jetzt ins Buch ein!«, drohte sie. »Mach doch«, entgegnete ich und räumte mit einer Armbewegung den Schreibtisch ab. »Das hat Konsequenzen«, schäumte sie, puterrot im Gesicht. »Ja, ja«, antwortete ich, »Medikamente, bis man nicht mehr weiß, wo oben und unten ist, du blöde Kuh.« Ich verzog mich in mein Zimmer. Draußen auf dem Flur blieb es ungewöhnlich ruhig. Ich bekam Schiss. Mittagessen. Wir saßen zu viert am Tisch. Er war gedeckt, Kartoffeln, Gemüse, Sauce und eine Fleischplatte mit vier Schnitzeln standen darauf. Die Kampfmaschine saß mir schräg gegenüber. Es nervte mich, wie eklig sie aß. Plötzlich holte die Polin mit ihrer Gabel das Schnitzel ihrer Nachbarin vom Teller. Ich stand auf und hob den Tisch an. Sie glotzte, und alles fiel vom Tisch, ihr und ihrer Nachbarin auf die Klamotten und auf den Fußboden. Das war dann endgültig meine Fahrkarte nach Heiligenhafen. Meine Ärztin nahm mich in ihr Behandlungszimmer mit und – das war sehr beunruhigend – überredete mich zu einer Spritze in die Armvene. Das, so überzeugte sie mich, mache sie bei sich selbst auch. Ich legte meinen Arm auf den Tisch. Die Ärztin setzte die Spritze. Die Dosis musste für einen Elefanten gereicht haben – innerhalb einer Minute sackte ich zusammen.

6.

Als unbequemer Patient wurde ich im Krankenwagen nach Heiligenhafen abgeschoben. Diese Ärzte in Kiel hatten sich in meinen Augen alle Mühe gegeben, wenn es darum ging, die gewünschte Anzahl Medikamente oder Spritzen zu verabreichen. Freie Arztwahl war nicht gegeben. Hilfe erfuhr ich durch Helga, eine Mitpatientin, mit der ich bis heute gut befreundet bin. Gespräche wurden nach 20 Minuten beendet. Ansonsten schlug man sich mit mehr oder weniger gestörten Mitpatienten die Zeit tot. Ich war wieder wach, aber noch benommen, als ich in das hohe, alte Gebäude gebracht wurde, auf einer Trage. Sogleich erschien Dr. Fuchs, er hieß nicht wirklich so, seine Haare waren rot, und ich glaube, er trug grüne Kleidung. Ekelhaft, dieser Mensch. Mit leiser Stimme bedeutete er mir, mich auf das Bett zu legen. Mit Klamotten. Sein roter Bart erinnerte mich an Barbarossa. Plötzlich, ich schrie innerlich, holte er langsam unter dem Bett den Bauchgurt hervor. »Bitte, nicht den Gurt, bitte!«, bettelte ich. Doch er machte weiter. Zack, war ich wieder fixiert. Ich zitterte, aber ich verhielt mich ruhig. Dann gab es noch ein Becherchen bunte Pillen von ihm. Drecksau, dachte ich. Nachts leuchtete mir jemand mit einer Taschenlampe ins Gesicht. Mit Mühe öffnete ich die

Augen. »Schlaf weiter, ich bin Nachtschwester Christel!«, sagte eine freundliche Frauenstimme. »Die Christel von der Post?«, fragte ich bedröhnt. »Ja, die Christel von der Post«, erwiderte sie. Kurz fiel das Licht auf ihr Gesicht. Sie hatte dunkle Augen und lustige geringelte, dunkle Haare. Dann war ich wieder weggetreten. Eigentlich hätte danach der Tag anbrechen müssen. Doch ich wurde wieder nachts wach. Ich heulte erbärmlich. »Heinke? Heinke, bist du es?«, fragte eine ältere Frauenstimme. »Omi Döge, bist du es?«, fragte ich erstaunt zurück. Omi Döge kannte ich von meinem ersten Aufenthalt in Kiel. Sie gab stets vor, Millionärin zu sein, war total knuddelig und lieb. Ihr Haar war weiß und meistens zum Dutt hochgesteckt, sie trug bunte gemusterte Kleider und war dick. Sie liebte es, im Raucherbereich zum Spaß ihr Gebiss vor- oder hin und her zu schieben, auch zur Freude und Belustigung der anderen Anwesenden. Ihr Name war Luise. Keine Ahnung, warum ich zu ihr Omi Döge sagte. Ich habe sogar noch ein Foto von ihr und mir. Da war ich 18 Jahre und saß auf ihrem Schoß. »Ja«, antwortete ich überrascht. Es war jemand hier, den ich kannte. Ein erleichtertes Schaudern überfuhr mich. Doch konnten wir uns nicht weiter austauschen. Der Pfleger kam und raunzte uns unfreundlich an. »Seid ruhig, es ist Schlafenszeit!« Sprach es und gab uns eine Unmenge Medikamente. Ich würgte sie hinunter, und sofort nebelte ich weg.

Die nächste Zeit kann ich nicht detailgenau wiedergeben. Ich erinnere mich daran, dass ich schreie. Immer nur schreie. Dunkelheit, und ich schreie. Die schieben mich in andere Räume, weil die anderen Patienten nicht schlafen können. Dann erinnere ich mich, wie ich heißen

Kakao trinke. Er ist höllisch heiß, aber ich muss ihn trinken, heiß, sehr heiß. Dann liege ich immer noch fixiert und murmele: »Ich bin die Schwester von Jesus.« Immer wieder Dunkelheit. Visite. Ich sehe etwa acht Männer in weißen Kitteln und zwei Schwestern. Ich verstehe nicht genau, was sie sagen. In meinen Ohren rauscht es laut. Ich werde etwas gefragt und schreie zurück, dass ich nichts verstünde. Plötzlich nimmt der alte Arzt oder Quacksalber meine Decke, reißt sie hoch, und ich liege nackt vor diesen Menschen. Sie starren mich an, ich schäme mich, ich hasse sie alle, und ich schreie, schreie. Irgendwann waren meine Tante, mein Vater und Renate zu Besuch. Ich schrie immer weiter. Renate sagte viele Jahre später, dass ich geschrien hätte, ich sei vergewaltigt worden. Fakt ist, dass ich körperlich nicht vergewaltigt wurde, aber meine Seele bis ins Innerste. Meine Tante und mein Vater seien weinend fortgelaufen. Renate blieb bei mir. Doch letztlich ließen sie mich in der Psychiatrie zurück – allein. Nach und nach kam ich zu mir. Mein Besuch hatte mir Obst mitgebracht. Ich registrierte allmählich die anderen Patientinnen. Da war die hochschwangere Roswitha. Sie hatte den Intelligenzquotienten einer Scheibe Brot. Andauernd trat sie an mein Bett und quasselte mich an. Auf meinem Nachttisch lag noch eine frische Orange. Als Roswitha wieder bei mir herumlungerte, sah ich, dass meine Orange schrumpelig war. Ärgerlich drohte ich ihr, sie zu treten, weil sie meine Orange genommen und mir dafür diese alte, verschrumpelte hingelegt hätte. Erst viele Jahre später kam ich zu der Erkenntnis, dass ich oft lange weggetreten war, so stark wirkten die Medikamente. Es war meine Orange, die von allein geschrumpelt war. Am Tage war ich jetzt oft wach. Da ich immer fixiert war, fühlte ich mich unsauber, und ich wäre zu gerne normal zur Toilette gegangen. Also bettelte ich die Pfleger an. »Können Sie mich nicht losmachen, damit ich aufs Klo gehen kann?« – »Wenn der Arzt es erlaubt«, antwortete der verkrüppelte Pfleger barsch. Nun hatte die weiße Wolke entschieden, mich in die Badewanne zu stecken. War ja eigentlich okay. Sie schleppten mich ins Bad. Allein konnte ich nicht gehen, die Beine knickten ein wie Streichhölzer. In der Wanne begann ich wie wild auf die Bande einzuschlagen. Aber gegen die hatte ich keine Chance. Schwester Hildegard, so eine richtige Nazi-Schwester, schob ihre Unterlippe vor und drückte mich mit Schmackes unter Wasser. Als ich wieder auftauchte, grinste sie zufrieden. Dann ging es jedoch ruhiger weiter, sodass ich einigermaßen sauber ins Bett zurückgelangte. Gnädigerweise machte man mir die Fußfesseln ab, zeitweise auch einen Arm. Ich fühlte mich dennoch zutiefst gedemütigt, und mein Inneres schien zu zerbrechen. Plötzlich war an meiner Hand Blut. Ich schrie auf. Eine Mitpatientin kam an mein Bett. Ihr Kopf war unnatürlich seitlich nach oben gerichtet. Ihre Stimme war nett, und sie sagte ruhig: »Du hast deine Regel.« Sie kam etwas später mit einem Lappen und warmem Wasser und wusch mich. Die Schwester holte aus meinem Spind einen Schlüpfer, den zogen beide mir an, und die Mitpatientin schob mir vorsichtig eine Einlage hinein. Ich hatte keine Angst. Nach und nach begann ich selbstständig zu essen und mir die Zähne zu putzen. Der Pfleger mit den grünen Augen – »Herr Frahm, mein Schwarm« – machte die Bauchfessel ab! »Du bleibst doch lieb?«, fragte er und wackelte mit den Augenbrauen. Er gab mir meinen Schlafanzug. Nachdem ich ihn angezogen hatte, kam er mit einem Rollstuhl. Selbst wenn ich hätte abhauen wollen, hätte ich keinen Schritt tun können. Meinen Morgenmantel zog ich über, und er schob mich los. Schlüsselklappernd ging es durch die erste Stationstür, danach raus. Wieder diese ätzenden Gebäude, eines wie das andere. Er schob mich in ein Haus. Zuerst wurde ich, wie eine Verbrecherin, fotografiert. Anschließend musste ich – ungelogen – Fingerabdrücke abgeben. All das musste ich über mich ergehen lassen. Zurück auf der Station, durfte ich mit am Tisch essen. Doch immer nach Einnahme der Tabletten, die während der Mahlzeiten verteilt wurden, brannte es dermaßen im Hals, dass ich nur noch hustete. Nach und nach konnte ich wieder gehen. Als ich noch gefesselt war, hatte ich mit der einen Hand in der Nase gebohrt. Als ich aufstand, fing meine Nase an zu bluten. Der böse Pfleger antwortete auf meine Frage, wann ich denn wieder nach Hause könne, immer dasselbe: »Wenn du gesund bist« In diesem Moment tauchten in meinem Kopf Bilder aus dem Film »Einer flog über das Kuckucksnest« auf.

Ich befand mich in meinem schlimmsten Albtraum. Ein Mädchen saß den ganzen Tag zusammengesunken auf dem Stuhl. Sie wurde jeden Morgen gewaschen und angezogen. Sie war völlig abwesend. Eines Tages saß sie mit mir und Omi Döge im Raucherraum. Sie war wach! Und sie zeichnete ein Bild. Aufgeregt rannte ich zu der Schwester und berichtete. Die reagierte eher verhalten – ja, das sei nichts Neues. Das Mädchen schenkte mir ihr Bild. Es war eindeutig Jesus mit der Dornenkrone, mit Bleistift gezeichnet. Und plötzlich sank sie in sich zusammen. Nie wieder hatte ich sie danach wach erlebt. Omi Döge bat mich, ihr den Rücken zu schrubben, oder ich half ihr in ihre bunten Kleider. Jetzt kam es zu ersten Gesprächen. Ein junger Assistenzarzt befragte mich nach meinem Lebenslauf. Ich versuchte auch ihm Fragen zu stellen. Klappte nicht. Sonja wurde meine Bettnachbarin. Sie lag auf dem Bett, in der Hand hielt sie einen Schuhkartondeckel. Darauf hatte sie Fotos geklebt von ihren Kindern. Ausgesprochen hatte sie es nie, aber ich glaube, dass eines ihrer Kinder gestorben war. Wir kamen gut miteinander zurecht. Oft hörte sie Musik über ihren Kopfhörer. Wenn sie lachte – das machte sie oft –, kam ihre lustige Zahnlücke zum Vorschein. Ihre Haare waren braun und auch ihre Sommersprossen. Wir kamen beide auf Station III. So gut es mir ging – die Treppen waren schwer zu bewältigen. Die Medikamente machten mich unbeweglich, müde und matt. Auf dieser Station waren Männer und Frauen. Zunächst waren Sonja und ich in einem Zimmer. Man hatte hier wechselweise Tischdienst. Am Wochenende mussten wir unsere Betten frisch beziehen. Ich kam in die Strickgruppe. Doch nur für einen Tag. Dann war mein erster Tag in der Beschäftigungstherapie bei Herrn Müller, einem sehr lieben, älteren Herrn. Mein Leben wurde wieder bunt. In Herrn Müllers Gruppe waren nur fünf bis sechs Patienten. Anfangs schlief ich die drei Stunden auf der alten, aber gemütlichen Couch. Nach und nach machte ich schöne Werkstücke. Es stand viel Material zur Verfügung, und Herr Müller arbeitete intensiv mit mir. Die Stunden hier waren schön. Nach einiger Zeit sollte ich zu Herrn Baum. Er war in den Räumen nebenan. Die Umgewöhnung fiel mir schwer. Es war dann aber auch eine schöne Zeit. Wir gingen – es war inzwischen Sommer geworden – an den Strand und sammelten Steine. Aus diesen fertigte ich kleine Steinmännchen an, »Krölle Bölle«, so nannte ich sie. Ich malte ihnen Gesichter und Kleidung. Leider habe ich alle verschenkt. Dort lernte ich Thommy kennen. Er war auf Station II, also direkt unter unserer Station, und mindestens ebenso schläfrig wie ich. Die BT fand vor- und nachmittags statt. Auf meiner Station hatte ich inzwischen mehr Rechte, so durfte ich mit Abmeldung das Gelände verlassen. Thommy und ich gingen samstags und sonntags, wenn kein Besuch kam, spazieren. Bald Hand in Hand. In der BT zog er mich auf seinen Schoß. Wir knutschten. Herr Baum grinste. »Ihr seid ein schönes Paar.« Ich lernte viele Leute kennen. Einen Blonden zum Beispiel, an dessen Namen ich mich nicht mehr erinnere, hatte mir einen aus Silberdraht um einen Halbedelstein gedrehten Anhänger geschenkt. Nach dem Wochenende erfuhren wir, dass er sich im Waldstück erhängt hatte. Wir waren erschüttert. Hatte er keinen anderen Ausweg gesehen? Thommy erzählte, dass wir Freitagabend in den Partykeller kommen sollten. In diesen unheimlichen Häusern auch noch in den Keller? Es war ein großer Raum, Lampen waren mit Tüchern bedeckt, auf dem Fußboden lagen hier und da Matratzen mit Decken darauf. Einer machte mit seiner Gitarre Musik. Kerzen brannten. Thommy und ich legten uns auf die Matratze. Nur die Scheißpfleger und -ärzte vergessen. Ach ja, dann gab es noch den Morgensport mit dem netten Herrn Wied, ein Bewegungstherapeut. Kurz nach 07:00 Uhr brachte er unseren Kreislauf auf Touren. Auch in der Halle machte ich bei seinen Sportkursen mit. Er organisierte Spaziergänge entlang der Steilküste. Seine gute Laune wirkte beruhigend. Mit einer Pflegerin gingen wir zum Bowling. Sie bat mich, kurz ihren

Labello zu halten. Schwups hatte ich mir die Lippen damit eingecremt. Wütend forderte sie mich auf, ihr einen neuen zu kaufen. Oben in der BT war Ulf in meiner Gruppe. Ein netter Mann, aber nicht mein Typ. Wir gingen spazieren. Unvermittelt drehte er sich zu mir. Er sagte – und es schauderte mich: »jetzt bin ich auch mal dran.« Abrupt wandte ich mich ab und erteilte ihm eine Abfuhr.

Es wurde Herbst. Um etwas Ablenkung zu bekommen, meldete ich mich für einen Back- und Kochkurs an. Wir waren eine kleine Gruppe, so etwa sechs Leute. Eine etwas ältere Frau war mir sympathisch. Das A und O: Sauber arbeiten, lecker essen und sauber den Kochraum verlassen. Wir lernten leckere Speisen zuzubereiten. Kuchen konnten wir mit auf Station nehmen. Nebenbei entwickelten sich Gespräche. Weil wir ein kleiner Kreis waren, erzählten wir teilweise von Problemen, die wir in den großen Gruppen auf der Station nicht zur Sprache brachten. So begann ich mich auf den Koch-Freitag zu freuen. Von meiner Station war ein junger Mann dabei, der gequält wirkte, aber nie von sich erzählte. Ich war neugierig, warum er in der Psychiatrie war, und meinte zu ihm: »Ich glaube, ich weiß, weshalb es dir nicht gut geht.« Unverhofft begann er zu erzählen: »Ich war in einem Puff, und es hatte nicht geklappt. Als ich die Treppe hinunterging, kamen die Nutten und fingen an, mich auszulachen.« Totenstille in der Kombüse. Er schaute mich an und fragte mich: »Woher wusstest du das?« Betreten sah ich ihn an und sagte sanft: »So wusste ich es nicht, aber ich habe vermutet, dass es mit einer Frau zu tun hatte.« Die Leiterin nahm ihn zu sich und sprach behutsam mit ihm. Dieses Gespräch blieb unter den Teilnehmern der Kochgruppe. Eigentlich ging es mir jetzt besser, doch meine Familie kam kaum noch zu Besuch. Ich rief dafür zu Hause an. Einmal ging mein Vater ans Telefon. »Ich bin es, Heinke.« – »Ich frühstücke gerade, mein Kaffee wird kalt.« Ich legte auf, heulte. Meine Freundinnen waren total in Ordnung. Aber die eine war sechs Jahre jünger, und demzufolge konnte sie mich noch nicht – so wie ich es mir wünschte – unterstützen. Liebe Briefe bekam ich zum Glück.

Es ging in den Dezember. Mein Ziel: Weihnachten bin ich in meiner Wohnung! Ich sprach mit meiner Ärztin darüber. Sie war mir durchaus gewogen, stellte aber einige Bedingungen:

1. Ich sollte mir an meinem Wohnort einen Psychiater suchen zur Weiterbehandlung und Verschreibung der Medikamente.
2. Ich sollte mich an das Rote Kreuz, an die Kirche oder Diakonie zur Unterstützung wenden.
3. Ich musste die Gruppe überzeugen, dass ich es schaffe.

Einen Arzt kannte ich nur zu Hause. Ich kam nicht gut mit ihm klar. Das Rote Kreuz oder die Kirche würde ich ohne Probleme ansprechen können. Und die Gruppe würde ich überzeugen!

7.

Am Tag der Entlassung wartete ich über anderthalb Stunden auf meinen Vater. Meine Klamotten waren in blauen Müllsäcken verpackt. Das Herz schlug mir bis zum Hals. Dann kam Papa. Er sprach erst allein mit der Ärztin. Er lächelte mich nicht an. Eher genervt schleppte er mit mir die Säcke drei Stockwerke hinunter ins Auto. Bevor wir einstiegen, kam ein Junge, den ich vom Klinikgelände her kannte. »Wohin geht es?«, fragte er mit nasaler Stimme. »Nach Hause!«, antwortete ich froh. Plötzlich knutschte er mir auf den Mund und wünschte mir alles Gute. Der Blick meines Vaters war vernichtend.

Wir luden die Säcke aus und trugen sie in meine Wohnung. Es war kurz vor Weihnachten. Auf meine Nachfrage sagte mein Vater: »Ja, bei uns am Heiligen Abend.« – »Holst du mich ab?« Knurrig: »Ja.« Dann verschwand er. Medikamente hatte ich mitbekommen. Ein paar Säcke packte ich gleich aus. Kultursachen und so. Danach nahm ich ein Bad in meiner kleinen Wanne. Aus dem Krankenhaus hatte ich einen Apfel mitgenommen. Den aß ich jetzt. Anschließend rief ich meine Freundinnen an. Die freuten sich, dass ich wieder zurück war. Ich kaufte mit großer Mühe beim ganz dicht gelegenen Supermarkt ein paar Lebensmittel ein. Meinen Bruder rief ich auch an. Ich klagte, dass ich einsam sei. Darauf fragte er mich: »Mit wie vielen Leuten hast du heute telefoniert?« Ich überlegte, zählte im Geist nach: »Elf.« – »Und dann bist du einsam?« Kleinlaut: »Ja.« – »Na, ich weiß nicht.« Ende.

Mein Vater holte mich an Heiligabend ab. Renate begrüßte mich überschwänglich. Die andere Brut kam etwas später. Zufrieden aßen sie ihren Karpfen. Sie waren alle so glücklich und gut gelaunt. Dann die mir so verhassten Weihnachtslieder. Renates Stimme sprang so halb opernmäßig ein, zwei Oktaven höher. »So, jetzt die Geschenke.« Ich war traurig. Ich war da und irgendwie auch nicht. Gegen 22:00 Uhr fuhr mein Vater mich mit meinen Geschenken nach Hause.

Den Kontakt mit dem Roten Kreuz bekam ich hin, eine Frau suchte mich auf. Mit der Kirche auch, da kam Gisela. Diese Frau redete nicht nur mit mir – sie schien mich zu verstehen. Wir kannten uns vom Sehen, weil sie ganz in der Nähe wohnte und ihr Mann Wolfgang in seiner Freizeit Türsteher in der Disco war. Auch ein paar meiner Freunde kamen. Es war kurz vor Silvester. Trotzdem wurde ich immer trauriger. Ich schaffte es nicht, einkaufen zu gehen. Ich nahm ein Messer und schnitt mir dilettantisch an der Pulsader herum. Als es anfing zu bluten, rief ich bei der Polizei an. Kurz darauf standen Notarztwagen und Polizei vor der Tür. Ein großes Pflaster reichte. Der Notarzt brachte mich ins Krankenhaus. Ständig machte ich mir Gedanken darüber, wie ich mich umbringen könnte. Ich lag mit drei Patientinnen in einem Zimmer. Ich äußerte meine Gedanken. Es dauerte nicht lange, und der Arzt erfuhr davon, und es ging ab nach Halli.[6] Dort wurde ich zunächst in der geschlossenen Abteilung untergebracht. An Silvester gab es, glaube ich, Berliner und Kinderpunsch. Herr Wied kam im

---

[6] Insiderjargon für Heiligenhafen und die psychiatrische Klinik.

neuen Jahr zu mir und schenkte mir Marzipankartoffeln. »Was machst du denn?« Ich bin mir nicht sicher, welches Datum es war. Ich fragte, ob ich hochkönne, zu Sonja, nur eine Stunde. Weil ich mich ruhig verhielt, hieß es nach einer Weile: »Ja, Sie können sich anziehen, wir bringen Sie hoch.« Sonja kam und sagte: »Wir wussten, dass du zurückkommst.« Wenn ich mich richtig erinnere, wollte ich vom Patiententelefon aus Renate zum Geburtstag gratulieren. Ich rief an, und freudig trällerte sie ihren Dank für meinen Anruf. Im Hintergrund ging es fröhlich zu, jedoch hatte sie keine Zeit mehr für mich übrig. Sonja bat mich in ihr Zimmer. Wir sprachen über einige Dinge, und in mir kam eine Angst auf. Die Angst, dass ich es niemals schaffen würde, aus Halli herauszukommen. In diesem Moment stand Sonja auf. Sie verließ kurz das Zimmer, ich habe keine Ahnung, warum. Mein Blick wanderte durch den Raum und blieb am Dachfenster hängen. Es war geöffnet. Ich stand auf, hüpfte etwas hoch und sprang aus dem Fenster. Nur die Dachpfannen sah ich noch, dann stürzte ich über den Dachvorsprung und fiel. Ich hatte keine Schmerzen. Ich lag auf dem Bauch, mein Kopf war zur Seite gedreht. Nach einem Moment öffnete sich die Tür. Meine Ärztin sagte: »So, jetzt kommt die Heinke ins Krankenhaus, und wenn sie wieder gesund ist, kommt sie zu uns zurück.« Mir lief es eiskalt den Rücken hinunter. Das nächste Mal wurde ich wach in einem Raum mit großen kalten Geräten. Ich fühlte mich, als wäre ich auf ein Rad gebunden zum Röntgen. Eine Schwester stellte mir Fragen: »Willst du denn nicht Kinder kriegen und heiraten?« Sie hatte einen niederländischen Akzent. »Ja, zwei Kinder.« – »Sollen wir jemanden verständigen?« – »Nein!« Als ich abermals wach wurde, lag ich auf der Intensivstation. Ein Pfleger, auch wieder mit rötlichem Haar, kümmerte sich in der Nacht um mich. Mein Arm war am Ellenbogen verletzt, das Schlüsselbein gebrochen, und am Kopf waren Abschürfungen. Ich habe Glück gehabt, dass ich auf den Rasen gestürzt sei, und das aus acht Metern Höhe, so der Arzt. Nach meinem Empfinden wurde ich nur einmal in der Woche wach. Als ich die Augen wieder öffnete, standen mein Vater und sein Anwaltsfreund an meinem Bettende. Ich kann mich an keine tröstende Geste meines Vaters erinnern. Stattdessen hielt er mir einen Zettel vor die Nase: »Dort unterschreib bitte.« Beide sprachen plötzlich zur gleichen Zeit. Ich kritzelte etwas, was mein Name sein sollte. Es handelte sich um eine Vollmacht für den Anwalt. Das hatte ich nicht gecheckt. Mein Vater klagte als Nebenkläger gegen das Krankenhaus wegen Verletzung der Aufsichtspflicht. Das erfuhr ich nicht von meinem Anwalt – ich war ja nun einmal die Klägerin –, sondern erst etwa sieben Jahre später, als ich zusammen mit meiner Freundin Silke noch einmal in das Krankenhaus fuhr. Die Ärztin, so erzählte uns der Stationspfleger, wurde auf die Station für Patienten mit Downsyndrom versetzt. Die diensthabende Schwester – das war die mit dem Labello – wurde auch bestraft. »Warum haben Sie das eigentlich getan?«, fragte mich der Pfleger. »Weiß ich auch nicht«, antwortete ich. Als ich wieder aufwachte, standen mein Vater und mein Bruder am Ende des Bettes. Sie guckten mich sehr, sehr traurig an. Ich war immer noch auf der Intensivstation. Mein Katheder wurde entfernt. Doch leider konnte ich das Wasser oft nicht halten, und zu meiner Scham wurde das Bett neu bezogen. Der Nachtpfleger blieb trotzdem immer freundlich. Das war ein schönes Gefühl. Mein Arm wurde dann doch operiert. Wenige Tage danach kam ich auf die normale Station. Der Arm wurde gestreckt, das heißt, es war eine Art Gewicht mit einem Flaschenzug am Bett und an meinem Arm. Jetzt fing es aber an, richtig weh zu tun. Ich konnte die ganze Zeit nur auf dem Rücken liegen. Die Fersen wurden wund. Die Schwestern nahmen einen Trick zu Hilfe. Sie füllten Schutzhandschuhe mit Wasser und legten diese unter meine Füße. Es war eine Wohltat. In dem Krankenzimmer lag ich mit einer 64-jährigen Frau zusammen. Sie wollte wissen, wie meine Verletzung entstanden sei. Ich sagte es ihr nicht. Nach der Visite wurde das Gewicht vorsichtig abgenommen. Aber mein gebrochenes Schlüsselbein bereitete mir höllische Schmerzen. Nun wurde ich in den Gipsraum geschoben. Der Arm wurde eingegipst. Ich heulte. Im Bett hatte ich nun etwas mehr Bewegungsfreiheit. Mich umzudrehen, mich auch nur leicht zu bewegen, schmerzte aber sehr. Wochen später, am Morgen des Tages, an dem mir der Gips wieder abgenommen wurde, sollte ich wieder aufstehen. Zwei Schwestern halfen mir dabei. »Kopf hoch, Kopf hoch!«, hörte ich sie laut rufen. Auf meinen Rücken klatschten sie das Latschenkiefernöl. Mir wurde schwarz vor Augen. Jetzt lag ich wieder im Bett. »Wir versuchen es nachher noch einmal.« Die Krankengymnastin kam jetzt zweimal in der Woche. Es tat so schrecklich weh. Die Alte neben mir beschwerte sich über mein Jammern. Darauf sollte ich in den Krankengymnastikraum unten. Das Beste aber war, dass ich endlich wieder auf ein normales Klo gehen konnte. Weil ich keine frische Wäsche gebracht bekam, musste ich wohl oder übel solche Netzschlüpfer tragen und mich mit Einmalwaschlappen waschen. Plötzlich waren diese ausgegangen. Ich bekam darauf Gästehandtücher zum Waschen, das war nicht schön. Auf dem Flur traf ich erstmals einen Mitpatienten. Der sprach mich an, ob ich in den Aufenthaltsraum am Ende des Flures mitkommen wolle. Ich schätze, er war so Anfang 50. Er hatte eine Öffnung am Oberschenkel, aus der ein Schlauch hervorlugte. Aus diesem floss eine gelb-rötliche Flüssigkeit in einen Beutel, den er mit einer Hand festhielt. Der türkische, immer freundliche Stationsarzt begegnete mir auf dem Flur. Er blieb stehen und fragte mich. »Warum lachen Sie eigentlich nie?« Ich ging wortlos weiter. Es klopfte an der Tür, ein etwa 30-jähriger Mann kam herein. »Heinke Nietzky?« – »Ja?« – »Ich bin der Krankenhauspsychologe und würde mich gern mit Ihnen unterhalten.« Scheiße, dachte ich, hört das denn nie auf? »Ja?« – »Vor Ihrem Suizidversuch – hatten Sie da viel Geld ausgegeben?« – »Nein, hatte ich nicht.« Ich hatte mir eine Jeans, eine Mütze und eine Haarbürste gekauft. Das Geld hatte ich aber zur Verfügung. Braucht der nicht zu wissen. »Hören Sie Stimmen?«, fragte er. Ist der nicht ganz dicht? »Nein, höre ich nicht.« Das war es dann auch schon gewesen. Er kreuzte nicht wieder bei mir auf. Endlich durfte der Verband ab. Mein Arm war dünner als der andere, und jetzt merkte ich, dass ich ihn nicht vollständig ausstrecken konnte. Der Arzt erklärte mir, dass der Kirschnerdraht nach einem Jahr operativ entfernt werden müsse. Als ich auf dem Flur stand, hörte ich plötzlich ein Gespräch der Krankenschwestern mit. »Frau XY beschwert sich, dass Heinke in der Nacht laut schreit: ›Ihr Arschlöcher, lasst mich in Ruhe, ihr Schweine!‹« Ich erstarrte, das war mir nicht bewusst. Als Erstes fragte ich, ob ich baden dürfe. »Ja, das geht.« Ich badete, und es war herrlich. Aus der Wanne kam ich nur mithilfe der Schwestern. Mein Arm war lahm. Ungefähr vier Tage nach dem Besuch des Psychologen bekam ich eine gelbe Tablette dazu. Es hieß jedoch, dass dieses Medikament gegen Epilepsie sei. Gisela und Wolfgang besuchten mich. Gisela saß neben meinem Bett auf einem Stuhl. Sie sah mich lächelnd an und legte ihre Hand auf meinen Rücken, der frei war, weil das Krankenhaushemd auseinanderfiel. »Wenn ich nackte Haut sehe, dann muss ich sie streicheln«, sagte sie. Nun konnte ich schon wieder meine eigenen Klamotten tragen. Es fühlte sich seltsam an, dass mein Sportsweatshirt einen Riss vom Sturz hatte. Der Mitpatient mit dem Schlauch im Beim sagte noch zu mir, dass ich bestimmt bald nach Hause könne, er aber wohl nie mehr.

8.

Mitte Februar ging es Schlag auf Schlag. Ich sollte meine Sachen packen, und ich würde nach Lübeck gefahren werden. Böses ahnend, fragte ich nach, ob ich auch nicht in die geschlossene Abteilung der Psychiatrie komme. Nein, dies sei nicht der Fall. Im Krankenwagen fuhren mich zwei Sanitäter nach Lübeck. Und wo landete ich? Im Vorraum zur geschlossenen Psychiatrie. Die Tür hatte ein Fenster, ich sah einen bulligen Pfleger in Weiß, dem eine Patientin hinterherlief. Im Vorraum befand sich ein Münztelefon, ich hatte aber kein Geld. Einen Moment später kam ein Pharmareferent. Nach kurzem Gespräch bat ich ihn darum, die Briefmarken, die ich im Portemonnaie hatte, gegen etwas Geld zum Telefonieren zu tauschen. Er machte es ohne Weiteres. Bis heute habe ich immer Briefmarken im Portemonnaie. Sofort rief ich meinen Vater an. Der Anrufbeantworter sprang an. Ich sprach darauf und bat, Achim und er möchten bitte nach Lübeck kommen. Ich wolle nicht in der Psychiatrie untergebracht werden. Es kam ein Arzt, dem ich sagte, dass mein Vater gleich komme. Und tatsächlich, eine Stunde später waren mein Vater und Achim da. Ich war erleichtert. Kurz darauf saßen wir gemeinsam beim Arzt. Ich rief mich zur Ruhe und erklärte, dass ich nicht in die geschlossene Abteilung gehöre. Es wurde aber deutlich, dass ich noch nicht allein in meine Wohnung zurückkehren könne. Nun schlug der Arzt, der mir genau zugehört hatte, eine andere Möglichkeit vor. In Lübeck gebe es eine Einrichtung, in der psychisch Kranke in einer Wohngemeinschaft der »Brücke« zusammenlebten. Ich willigte ein, damit erst einmal der Schrecken »geschlossene Abteilung« vom Tisch war. Mein Vater und Achim stimmten auch zu, gleichwohl spielten sie mit dem Gedanken, mich entmündigen zu lassen. Der Arzt rief dann in der Wohngemeinschaft an, um zu klären, ob ich sofort dorthin gehen könnte. Und wirklich war ein Zimmer frei. Der Arzt machte einige Papiere fertig, und mein Vater und Achim brachten mich anschließend zur »Brücke«.

Das Haus war ein Altbau, zentral gelegen. Im Büro musste ich zusammen mit einer Betreuerin einen Aufnahmebogen ausfüllen. Mein Arm und meine Schulter schmerzten.

So lange war ich schon ewig nicht mehr auf den Beinen gewesen. Man zeigte mir mein Zimmer. Ein Bett war nicht vorhanden, aber eine Matratze. Mein Vater und Achim fuhren dann. Ich legte mich erst einmal auf die Matratze. Für drei Tage hatte ich Medis mitbekommen. Nachdem ich mich etwas ausgeruht hatte, ging ich aus dem Zimmer und machte mich bekannt mit den anderen Bewohnern. Ein junger Mann begrüßte mich. Entsetzt bemerkte ich seine Halsverletzung. Er hatte versucht, sich zu erhängen. Mir schossen die Tränen in die Augen. Eine Frau, sie war etwas dicklich, lud mich in ihr Zimmer ein. Verwundert bemerkte ich, dass sie Mehl, Zucker, Pfeffer, Salz, H-Milch, Haferflocken, Brot, Margarine und Getränke auf einem Schrank aufbewahrte. Sie sah meinen Blick und meinte: »Das ist sonst alles weg.« Sie war sehr nett, und mit ihr hatte ich den engsten Kontakt. Die Betreuer der »Brücke« blieben im Erdgeschoss und hielten sich zurück. Aber es gefiel mir hier nicht. Das Bad war schmuddelig und oll. Haare im Waschbecken und in der Dusche machten es nicht angenehmer. In der Küche hatte jemand meinen Edeka-Aufschnitt weggefressen. Ich rief Gisela und Wolfgang an. Sie verabredeten sich für den nächsten Tag mit mir. Wir wollten uns bei Karstadt treffen. Am nächsten Tag ging ich dorthin, wo sie schon auf mich warteten. Beide umarmten mich. Wir gingen in die Kantine und aßen zu Mittag. Bedrückt berichtete ich von der »Brücke«. Wolfgang schlug vor, mich zurückzubringen, um zu schauen, wie ich dort lebte. Ich zeigte Gisela mein Zimmer, Wolfgang sprach mit den Betreuern. Fakt sei, dass ich bis zu zwei Jahre hier wohnen könne und meine Wohnung auflösen müsse, so Wolfgang. Darauf hatte ich ja nun gar keinen Bock. Die beiden fuhren dann wieder nach Hause. Am nächsten Tag musste ich einkaufen. Im Nachhinein verstehe ich gar nicht, warum ich ein Fahrrad nutzte. Mein Arm war überhaupt nicht belastbar. Ich schob das Rad in die Stadt, kaufte bei Kaiser's Lebensmittel ein, legte sie in den Fahrradkorb und schob das Rad langsam zurück. Ich hatte unter anderem eine Tafel Schokolade gekauft. Als ich bei der »Brücke« ankam, wollte ich die Sachen hinauftragen. Die Schokolade war futsch. Scheiße. Geklaut oder verloren – weg. Als ich oben angekommen war, sagte die Mitbewohnerin: »Dein Bruder war hier.« – »Wieso war, ist er schon wieder weg?« – »Ja, er hat hier Post für dich abgegeben.« Hätte er nicht eine halbe Stunde auf mich warten können, der Arsch? Ich rief bei Gisela an. Wolfgang ging ans Telefon. »Hallo Wolfgang, hier ist es scheiße!« – Ja, toll ist es dort nicht.« – »Kann ich nicht zu euch kommen?« Er antwortete: »Du, Heinke, wir haben tatsächlich schon darüber nachgedacht, dich zu uns zu holen.« Ich konnte es nicht glauben. Hatte es doch in letzter Zeit meist geheißen: Geht nicht, nein, keine Zeit. »Pass mal auf, Heinke, am Donnerstag kommen wir zu einem Gespräch mit den Betreuern, gib mir mal die Telefonnummer.« Sie kamen dann auch tatsächlich und führten das Gespräch.

Am Samstag konnte ich weg aus der »Brücke«. Freitagabend packte ich meine Taschen. Der Zivi brachte mich am nächsten Morgen zu Gisela und Wolfgang und deren Tochter Claudia. Gisela öffnete die Tür von dem Reihenhaus. Wolfgang nahm meine Taschen und mich in Empfang. Der Zivi war auch nicht gerade der Kumpel von nebenan. Tschüs, und weg war er. Wolfgang forderte mich auf, Platz zu nehmen. Gisela bot mir eine Tasse Kaffee an. Ich freute mich so sehr. Nun zeigte mir Gisela mein Zimmer. Es hatte eine Dachschräge und war klitzeklein. Darin stand ein Bett und Giselas Nähmaschine sowie ein Stuhl für meine Kleidung. Ich aber fand, das Zimmer war perfekt. Meine anderen Klamotten konnte ich in einem Schrank, der sich im Flur befand, unterbringen. Im Duschbad konnte ich die Kultursachen in einem Alibertschrank verstauen. Gegessen wurde abends gegen 19:00 Uhr. Wolfgang arbeitete in Hamburg, Gisela war zu Hause, Claudia war zur Arbeit bei Möbel Kraft. Sie spielte Heimorgel, was ich sehr mochte. Es gab auch hier Regeln. Als ich mir zum Beispiel die Hände mit warmem Wasser wusch, sprang die Gastherme an. Also, bitte die Hände mit kaltem Wasser waschen. Gern führte ich lange Telefonate, auch Ferngespräche. Das sollte ich nicht. In meiner neuen Wohnung, die nur zwei Minuten von hier entfernt war, dürfte ich das. Wie ein unartiges Kind versuchte ich trotz des Verbotes, Ferngespräche zu führen. Doch die Pflegeeltern merkten es – ich fragte mich, wie. Als ich wieder in meiner Wohnung lebte, rückten sie damit heraus. Das Telefon und der Hörer waren, wie damals üblich, mit einem Drehkabel verbunden. Ich legte den Hörer so auf, dass die Ohrmuschel nach links auflag. Die beiden machten es andersherum. Mir fiel das nie auf. Ihre Konsequenz für mich lautete: »Entweder du zahlst 50 DM mehr, oder du gehst zum Telefonieren in deine Wohnung.« Geizig war ich ja auch, ich wollte keine 50 DM mehr ausgeben. Zur Sicherheit schafften sich meine Pflegeeltern ein Telefonschloss an. Es wurde in der Wählscheibe in der Ziffer drei angebracht und mit einem Schlüssel abgeschlossen. Die 112 konnte somit im Notfall gewählt werden. Ich ärgerte mich zwar ordentlich, aber diese Art von Konsequenz war mir weitaus lieber als das Gebrüll und diese schlimmen, hasserfüllten Reaktionen, die ich von zu Hause kannte. Ich zahlte, das war von vornherein geklärt, 300 DM Kostgeld. Ich mochte auch gern die gelbe Brause trinken. Und auch beim Naschen schlug ich ordentlich zu. Nach all den schlimmen Monaten, die ich hinter mir hatte, schlief ich von abends 21:00 Uhr bis 12:00 Uhr mittags sehr viel.

Gisela sagte, sie kenne Dr. Schall, und ich solle doch versuchen, telefonisch einen Gesprächstermin zu vereinbaren. Dr. Schall, ein Psychiater, hatte vormittags Sprechstunde. Gisela fuhr mich. Sie hatte eine Woche den Wagen und eine Woche nicht, weil Wolfgang eine Fahrgemeinschaft hatte. Sie bog ab, und ich wunderte mich etwas, denn wir fuhren auf einem Sandweg, rechts und links Wiesen. Auf der linken grasten Kühe. Sie hielt auf einem kleinen Sandplatz. Nun gingen wir einen Weg hinunter, der von Bäumen gesäumt war. Die Praxis war in einem Flachdachgebäude. Geradewegs hinunter lag ein See. Ich klingelte, und ein großer, sympathisch wirkender Mann öffnete die Tür. Er reichte mir die Hand, begrüßte Gisela freundlich und bedeutete uns mit einer ruhigen Handbewegung, ihm zu folgen. »Setscht dich, wo du magscht«, sagte er und sah mich nett an. Gisela setzte sich auf die Couch, ich auf einen bequemen Sessel. Der Raum war groß, hinter mir befand sich ein Bücherregal, das von oben bis unten mit Fachliteratur gefüllt war. Ich fragte mich, ob Dr. Schall diese vielen Bücher tatsächlich alle gelesen hatte. Neben dem Sessel, in den ich mich gesetzt hatte, war eine Fensterfront. Auf dem Fensterbrett standen viele getöpferte Figuren, Steine, Zimmerpflanzen, Kerzenleuchter und ich glaube auch Glasfiguren. Mir gegenüber stand Dr. Schalls Schreibtisch. Er war aus massivem Holz, darauf waren wieder Arztbücher, Papiere, Post und das Telefon. Dahinter saß Dr. Schall. Ich gähnte herzhaft und fühlte mich ertappt, als Dr. Schall fragte: »Bischt müde?« – »Ich habe Angst«, entgegnete ich ihm. »Brauscht keine Angst zu haben«, sagte er lächelnd. An mehr kann ich mich bei diesem ersten Treffen nicht mehr erinnern. Gisela erzählte von meinem momentanen Befinden. Darauf erhielt ich ein Rezept. Vom Oldenburger Krankenhaus erhielt ich ein Medikament gegen Epilepsie. Als Gisela mir die Haare wusch, gingen sie mir büschelweise aus. Dr. Schall änderte daraufhin die Medikation. Und es half tatsächlich!

Nach etwa einer Woche, die ich nun bei Gisela und Wolfgang lebte, kam mein Bruder. Er wollte wissen, was das für Leute seien, bei denen ich untergekommen war. Ich freute mich wie immer wie ein kleines Kind über seinen Besuch. Wolfgang erzählte mir später, mein Bruder habe ihm versichert, ab und zu vorbeizukommen. Doch dies sollte sein erster und letzter Besuch bei Gisela und Wolfgang bleiben. Ein Vorteil war, dass meine Wohnung nur einen Steinwurf entfernt war und ich sie halten konnte. Ich erhielt für meine Verhältnisse ein gutes Krankengeld. Das Leben war übersichtlich. Ich ging früh schlafen und schlief bis 12:00 Uhr mittags. Dann frühstückte ich, und Gisela sprach viel mit mir. Sie übersetzte die Gespräche mit Dr. Schall, denn ich verstand manche Sätze völlig falsch. Einmal wöchentlich fuhren wir zu ihm. Ich bekam eine Spritze und morgens Tabletten. Abends gab es warmes Essen. Claudia war am

Wochenende oft mit ihrem Freund Jan zusammen. Wir drei saßen auf dem Sofa und sahen fern. Trotz meiner Enttäuschung über Vater und Bruder rief ich bei meinem Vater häufig an. Das passte ihm unüberhörbar nicht. So bekam ich entgegengesetzt: »Ich frühstücke gerade, mein Kaffee wird kalt!« Bitter war dieses Gefühl, und ich weinte. Gisela gab mir den Rat, zu Hause nur noch in einem dreiwöchigen Abstand anzurufen. Es fiel mir sehr schwer. Tatsächlich erhielt ich nun einen Anruf von ihm. Doch eine Traurigkeit blieb immer bei mir.

Die Therapie bei Dr. Schall wurde vertrauensvoll. Langsam erholte ich mich. Der Urlaub meiner Pflegeeltern stand bevor, und somit auch die Frage, ob ich mit in den dreiwöchigen Urlaub nach Jugoslawien käme oder bei einer Bekannten von Gisela bliebe. Finanziell konnte ich mir den Urlaub leisten, und so entschied ich mich, auf die Insel Brač mitzukommen. Als ich zu Gisela und Wolfgang kam, wog ich 59 Kilo bei 1,75 Metern Größe. Es waren keine sechs Monate vergangen, und nun wog ich 75 Kilo. Daher fuhren wir nach Neumünster, um Sommergarderobe zu kaufen. Es war nicht klar, ob ich an unserem Ort mit einer fremden Person das Zimmer teilen musste, umso erfreuter war ich darüber, dass ich ein Einzelzimmer beziehen durfte. Nach der ersten Nacht im Hotel ging ich noch zum Frühstück. Wir konnten auf einer großen Holzterrasse im Freien frühstücken. Es war mir aber zu früh, und Wolfgang brachte mir jeden Tag gegen 11:30 Uhr das Frühstück auf das Zimmer. Am Nacktbadestrand brutzelten wir gemütlich vor uns hin. Ab ins Wasser – mein Element. Es ging mir so gut, obwohl ich wusste, dass ich nicht so aussah. Die Augen nicht klar und übergewichtig. Einen Abend fragte mich Gisela, ob ich nicht Lust hätte, mit ihr in Begleitung zum Tanzen zu gehen. Gesagt, getan. Die Musik war westlich, das Licht eine Spur zu hell, aber es gefiel mir. »Guck mal, der Junge sieht immer zu dir herüber«, flüsterte Gisela. Kann doch gar nicht sein, dachte ich, so wie ich aussehe. Er war wohl etwas größer als ich, sehr schlank, braune Haare, etwas wuschelig, braune Augen. Er kam auf mich zu, als er bemerkte, dass ich ihn ansah, und fragte, ob ich mit ihm tanzen möchte. Geschwind nahm er meinen Arm, und zack! waren wir am Tanzen. Er komme aus Berlin, Westberlin, mit drei Kumpels, und mache eine Elektrikerausbildung. »Ist das deine Mutter?« – »Pflegemutter.« Er hatte mich ausgeguckt.

Wie er mir es versprochen hatte, besuchte er mich gut drei Monate später. Gisela und ich kauften für mich einen neuen Wäschekorb. In diesen legten wir meinen Aldi-Einkauf. Für die fünf Tage, die er bei mir zu Gast sein würde, planten wir die Gerichte, die ich gut zubereiten konnte. Andreas war so überrascht und erfreut darüber, dass ich für ihn kochte. Als er wieder abgereist war, blieb ich in meiner Wohnung. Ich ging noch lange abends so um 19:00 Uhr zum Essen zu Gisela und Wolfgang. Gisela wusch noch meine Kleidung, bis ich auch das wieder alleine schaffte. Mein neues, eigenes Leben hatte begonnen. Ich lernte in der Morgengruppe meine liebste Freundin Silke kennen. Wir spornten uns gegenseitig zum Abnehmen an. So verabredeten wir uns zum Schwimmen im See. Sie kam mit ihrem Fahrrad, um mich abzuholen. Es war sehr warm, und eigentlich hatte ich keine Lust, mich auf meinen Drahtesel zu schwingen. Silke wurde energisch. »Ich bin jetzt hergefahren, um mit dir zu schwimmen, also los geht es!« Als wir uns schließlich ins kühle Nass begaben, schwamm plötzlich ein netter Typ in unserer Nähe. Silke und ich zeigten unsere Schwimmkünste, und er fragte mich, ob ich im Schwimmverein bin. Wieder am Strand, fragte ich ihn, ob er öfter hier sei. »Ja«, antwortete er. Er ging zu seinem Platz, während Silke und ich unsere nassen Sachen auszogen und unsere Kleider überstreiften. Wir sahen nicht, wie und womit er wegfuhr. An den nächsten warmen Tagen gingen wir immer zu dieser Zeit an den See. Er war aber nie da. Ausgerechnet, als ich nach einer Behandlung im Gesicht beim Dermatologen aus der Tür trat, traf ich ihn wieder. Wir kamen ins Gespräch, und er erzählte mir, dass er Bäcker sei. »Wollen wir uns nicht mal treffen?«, fragten wir beide gleichzeitig. Also lud ich ihn ein zu mir. Das war am 3. August 1987. Volkmar kam etwas zu spät, aber schließlich stand er vor mir, und ich bat ihn herein. »Ich habe gedacht, dass du mit deinen Eltern hier wohnst, aber an deinem Briefkasten ist nur dein Name. Die Zeichnung mit der Katze, die oben auf dem Hausdach sitzt, ist schön.« – »Ja«, antwortete ich froh, »meine Freundin Sybille hat sie für mich gemacht.« Der Kaffee lief durch die Maschine, und Volkmar schmeckten die guten Kekse von Bahlsen und später dann anscheinend auch meine Küsse. So ganz ungestört waren wir nicht. Zuerst kam Jan. »Hallo Heinke, du, das muss ich dir noch erzählen …« Danach kam Kirsche, ein Freund meiner Freundin. »Ich muss mir mal ansehen, wo ich das Kabel von deiner Wohnung runter in den Keller zur Waschmaschine legen kann.«

Von diesem Tag an waren wir ein Paar, und schon bald würden wir ein Ehepaar sein.

9.

Volkmar und ich entschieden uns zur Heirat, weil wir beide gern ein Kind haben wollten. Zu den Terminen bei Dr. Schall begleitete er mich oft. Seine Mutter litt auch an einer psychischen Krankheit, vielleicht, so überlegte ich manchmal, akzeptierte Volkmar mich deshalb so, wie ich war. Unsere Zeit vor der Hochzeit wurde dadurch überschattet, dass ich meine Arbeit in einer Beratungsstelle nicht mehr erfüllen konnte. Meine Vorgesetzte war sehr nett. Ich setzte meine Medikamente ohne Absprache mit meinem Doc ab. Die Vorteile waren eindeutig: Ich nahm in kurzer Zeit viele Kilos ab. Morgens war ich sehr früh wach und aktiv. Aber ich vergriff mich meiner Chefin gegenüber im Ton.

Wir heirateten im Sommer. Dieser Tag war sehr schön. Mein Vater und Renate kamen, um uns mit seinem mit Blumen geschmückten Opel Omega abzuholen. Volkmar öffnete ihnen die Tür und bat seine zukünftigen Schwiegereltern in die Stube. Ich kam in meinem Brautkleid und Schleier hinzu. Plötzlich sprang mein Vater auf – ich sah Tränen in seinen Augen – und huschte ins Bad. Das rührte mich sehr. Renate strahlte auch vor Freude: »Wie eine Prinzessin, wie eine Prinzessin, wundervoll!« Volkmar strahlte mich an. Er trug eine weiße Fliege mit weißem Einstecktuch zu seinem blauen Anzug. Nun warteten wir auf Susi, Volkmars Schwester. Sie wollte mich schminken. Der nächste Termin stand beim Fotografen an. Die Zeit wurde knapp, ich schminkte mich selber. Susi hatte den Zug verpasst. Wir fuhren zum Fotografen. Beim Fotografen waren wir allein. Mein Vater und Renate warteten im Auto. Wir kamen vor Aufregung ins Schwitzen. Es entstanden sechs Fotos. Nun ging es im Brautauto zur Marienkirche. Wir sahen viele unserer Verwandten und Freunde vor der großen gotischen Kirche warten, auch unsere Blumenkinder und Jonas, unseren Neffen, der schon die Blumen streute. Kann ja nicht schaden, oder? Ich sah meine Oma, die von Gisela und Wolfgang abgeholt wurde und nur bei der Trauung dabei sein konnte, weil mein Vater sich nicht mit ihr verstand. Volkmars Schwester Dagmar und ihr Mann Herwart, die Eltern von Jonas, winkten uns zu. Aus der Morgengruppe von »Gemeinsam leben« (Dr. Schall hatte diesen Verein gegründet; Spenden werden für die Wohngruppen verwendet) waren auch mehrere Menschen dabei. Wir freuten uns. Wolfgang nahm mit einer Kamera die Trauung auf. Es war still geworden in der Kirche, bis auf Jonas, der lief kreuz und quer, plumpste ab und an hin und wurde von Frederik, einem Blumenkind, aufgehoben. Silke, meine beste Freundin, hatte ein lilafarbenes Cocktailkleid an und passend dazu eine lilafarbene Schleife im Haar. Sie hatte die Aufgabe, mir den Brautstrauß abzunehmen und wieder zu reichen. Machte sie prima! Volkmar war besorgt, seine Mutter war noch immer nicht erschienen. Leider begann ohne sie die Trauzeremonie. Der Pastor hielt eine schöne Predigt, wir sangen schöne Lieder und waren vor Gott Mann und Frau. Volkmar hakte mich ein, und im Gleichklang schritten wir zuvorderst aus der Kirche. Welche Überraschung: Die Bäckerkollegen standen in Arbeitskleidung Spalier. Sie hatten ein Brot von anderthalb Meter Länge gebacken, das auf einem Schieber lag. Wir sollten es in dünne Scheiben schneiden. Fremde kamen hinzu, um ein Stück Brot zu ergattern. Der Küster bat nach einiger Zeit darum, dass wir dem nächsten Brautpaar Platz machen mögen. Also, wieder einsteigen in den Opel, alles saß noch so, wie es sollte, und mein Vater fuhr los nach Rickling. Dort fand die Hochzeitsfeier statt. Mein Vater ist ein geübter Fahrer, aber er verpasste die Abfahrt nach Rickling, so aufgeregt war er. Erst im Gasthof sah ich Achim. Er geht in keine Kirche. Renate sagte oft: »Erst der Unfall von dem Achim, dann die Mutti mit dem Brustkrebs und dann das mit dir, der arme Vati.« Ein Spiel begann. Wir hatten alle eine Karte ziehen müssen. Darauf stand zum Beispiel »Maus«. Die Spielleiterin rief dann auf zum Tanzen: »Die Maus und der Elefant.« Dann standen die Personen mit den entsprechenden Karten auf und tanzten. Volkmars älteste Tante und Onkel sorgten für den Brüller: »Die alte Schachtel und der Tattergreis.« Sie waren uneitel, standen auf, nahmen die Tanzhaltung ein und tanzten mit einem Lächeln. Um 04:00 Uhr hörte unser DJ auf zu spielen. Um 05:30 Uhr waren wir zu Hause. Volkmar trug mich über die Schwelle.

Ich arbeitete nicht mehr, und so stabilisierte ich mich mit recht wenig Medis. Volkmar fuhr viel Rennrad, und auch Laufen war ein Hobby. Eine Zeit lang schwamm ich wieder im Verein. Volkmar und ich meinten, dass jetzt unser

Kind kommen könnte. Wir besprachen das mit Dr. Schall. Er befürwortete unseren Wunsch. Ich müsse zunächst die Medis absetzen – es waren nicht viele. Wenn etwas schiefgeht, was wäre dann? Dr. Schall stellte in Aussicht, dass eine Haushaltshilfe von der Diakonie mich unterstützen könnte. Die AOK würde die Kosten übernehmen. Zur Anwendung kam dies zwar zum Beispiel bei Bäuerinnen, um die erste Zeit zu überbrücken. Doch Dr. Schall hatte vor, ein Pilotprojekt für psychisch Erkrankte zu starten. Der Frauenarzt fragte: »Wie viele Zigaretten darf man in der Schwangerschaft rauchen?« Ich entgegnete in gerader Sitzhaltung: »Null!« Daran hielt ich mich. Dann, nach zwei Monaten, war ich schwanger! Wir freuten uns sehr. Volkmar richtete das Kinderzimmer mit mir ein. Seine Schwester gab uns viele nützliche Sachen für mich und unser Kind.

Circa im sechsten Monat meiner Schwangerschaft wurde ich zunehmend gereizt. Ich schlief schlecht ein, wich aus ins Kinderzimmer. Beklemmende Gefühle nahmen zu. Ich hatte keine große Angst vor der Geburt, aber ich war außerordentlich besorgt über die Zeit, wenn mein Kind auf der Welt sein würde. Die Hebamme machte mir Angst. Dr. Schall empfahl mir eine andere, mit der lief es gut.

Weihnachten 1990. Volkmar und ich waren bei meinem Vater und Renate. Renates Schwester und deren Mann sowie noch eine Dame saßen in der Stube. Ich trug ein schwarzes Abendkleid bis zu den Knien, es war von Dagmar, sie ist schlanker als ich, meine runde Babykugel war hauteng zu sehen. Das Kleid war recht eng und unbequem.

Da fing mein Vater an zu stänkern: »Hopp, hopp. Hopp, hopp!« Breites Grinsen. Und wieder. »Hopp, hopp!« Renates Schwester, die sonst nie etwas gegen den »Vati« sagte, meinte: »Jürgen, lass das!« Ich stand auf, Volkmar kam hinterher. Im Flur fing ich an zu weinen. Es klingelte an der Tür. Volkmar öffnete. Da stand Achim. »Was ist denn hier los?« Ich fiel ihm in die Arme und beschwerte mich bei Achim. Er antwortete: »Du weißt doch, Vadder war schon nicht ganz dicht, als wir Kinder waren, den kennst du doch.« – »Ich sage noch tschüs, und dann fahren wir, nicht, Volkmar?« – »Ja.«

Die Geburt verlief gut. Die Hebamme brachte mich nachts um 03:00 Uhr in die Klinik. Volkmar kam um 08:00 Uhr direkt von der Arbeit in den Kreißsaal. Nach einem kurzen Schrecken – die Nabelschnur war um den Hals des Babys geschlungen – kam unser Kind gesund zur Welt. Ein Junge! »Wie soll er denn heißen?« – »Sören!« Volkmar hatte ihn zuerst im Arm. Dann hielt ich ihn, und er guckte mich an, und ich streichelte über diese flaumigen Härchen mit einem leichten Rotstich. Unser Kind war so groß, dass es schon in einen Strampler passte, und so winzig zugleich. Volkmar sagt bis heute oft: »Ich hatte den Bubbel zuerst auf dem Arm!« Volkmar fuhr nun nach Hause, um zu schlafen. Sören war in einem durchsichtigen Schlafkasten bei den anderen Neugeborenen. In der ersten Nacht konnte ich nicht schlafen. Die Medis wollte ich erst nach der Stillzeit einnehmen. Ich hatte Visionen. Gegenüber den Krankenschwestern, die sehr nett waren, wurde ich misstrauisch. Die dritte Nacht ohne Schlaf. Die Nachtschwester schaute herein. »Schläft Sören?« – »Süß und selig.« Ich stand auf, um nachzusehen.

Das Kinderzimmer war verschlossen, die Schwester öffnete die Tür. Was war das? Alle Säuglinge brüllten lauthals! Ich musste auf mein Kind aufpassen! Die Schwester belog mich. Seit dieser Nacht wollte ich Sören, so oft es ging, neben meinem Bett haben. Volkmar meinte, vielleicht schliefen die Kleinen ja wirklich, bis eines anfing zu schreien und darauf alle anderen. Hm, das hörte sich stimmig an. Ich hatte mehr Angst, nach Hause zu kommen. Allein mit dem Baby zu sein. Gisela merkte zuerst, dass ich Medikamente nehmen sollte. Dr. Schall gab die Medikamente telefonisch der Stationsärztin durch. Die Krankenschwester kam rein mit den Medis und sagte: »So ein Teufelszeug haben wir hier auch noch nicht rausgegeben!« Wegen der Medis soll man viel trinken. Beim Abstillen soll man wenig trinken. Ich war mit Gedanken beschäftigt, und abends war mir wie nach einem Acht-Stunden-Arbeitstag zumute. Ich fühlte mich erschöpft, ängstlich, aber durchaus aggressiv.

Am zehnten Tag nach Sörens Geburt wurde ich entlassen. Die Tasche war gepackt. Sören lag in seinem »Chiquito goes home«-Strampler im Körbchen. Warum kommt Volkmar denn nicht? Mein Blick ging zurück, die Schwestern schauten mich an, ich rannte los, fiel hin, dann stand Volkmar vor mir und zog mich bei den Händen hoch, nahm unseren Sören, die Tasche und mich. »Was machst du denn da?«, fragte er und lächelte mich an. »Guck mal, jetzt fahren wir zu Mama und Papa«, sagte er zu seinem Sohn. Oben angekommen in unserer Wohnung, setzte ich mich in die Küche, während Volkmar einen Kaffee kochte. Die nette Nachbarin hatte Babyschühchen und einen winzigen weißen Bademantel für Sören. Der Kleine lag auf der Seite und

schlief, ab und zu streckte er seine Hand aus oder nuckelte an seinem Schnuller. Wenn Volkmar bei uns war, ging es mir gut. Blieb er längere Zeit fort, bekam ich Angst. Es wurde immer schlimmer. Ich stritt mit Volkmar. Mein Mann kündigte seine Arbeitsstelle als Bäcker wegen meiner akuten psychischen Erkrankung.
Bei Dr. Schall sagte Volkmar: »Wir müssen diese Haushaltshilfe haben. Ich bin ja nun von Ihnen krankgeschrieben, und ab 1. April 1991 fange ich bei meinem Schwager Herwart als Fahrer an. Das muss klappen! Heinke kann nicht allein zu Hause mit Sören sein. Neulich kam ich nach Hause, da schrie Sören aus vollem Halse, und Heinke lag auf dem Boden und schrie ebenfalls!« Dr. Schall notierte sich das. »Das bekommen wir hin«, beruhigte er. Volkmar war seit drei Monaten zu Hause.

Am 2. April klingelte es. Die Haushaltshilfe stand vor der Tür. Ich bat sie herein und fing gleich an zu weinen. »Weinen Sie wegen mir? Das brauchen Sie doch nicht. Ich bin Sieglinde«, sagte sie, streckte mir ihre Hand entgegen und lächelte. Ich zeigte ihr zuerst das Kinderzimmer. »Ich glaube, Sören braucht eine frische Windel«, sagte sie, nahm ihn und wechselte ihm diese liebevoll. Natürlich war ich froh über die Hilfe. Täglich acht Stunden hatte die AOK die Kosten übernommen. Trotzdem meckerte ich bei Gisela viel über meine Hilfe. Es war auch manchmal peinlich. Wir spazierten mit Sieglinde am See, und ich traf eine Kollegin von Achim. Penny war ebenfalls Mutter geworden und suchte eine Beschäftigung. Sieglinde schlug ihr vor, ebenfalls als Haushaltshilfe zu jobben. Sieglinde war 49 Jahre alt, unkonventionell, sie trug keinen BH, das graue

Haar trug sie immer zum Pferdeschwanz gebunden. Sie wusch Wäsche, hängte diese auf und bügelte, kochte für uns, hielt die Wohnung sauber. Und für Sören und mich war sie da. Wir gingen oft an die frische Luft. Wir fuhren zum Einkaufen. Meine Freundin Elfie und ihr Junge Julian besuchten wir häufig mit Sieglinde. Für Elfie war das selbstverständlich. Meinen Vater besuchte ich mit Volkmar am Wochenende. Der Medizinische Dienst wollte eine Überprüfung machen, es sollten die Stunden für die Hilfen gekürzt werden. Volkmar und ich fuhren nach Kiel. Bei der Unterhaltung mit dem Arzt sagte ich, dass der Samstag der schlimmste Tag für mich sei, weil mein Mann von 08:00 Uhr bis 14:00 Uhr arbeite. Seitdem bekam ich samstags vier Stunden dazubewilligt.

Erst nach zwei Jahren hielt ich es besser aus, mit meinem Kind ohne Ängste allein zu sein. Sören fing spät an zu sprechen, ich verstand ihn trotzdem recht gut. Es wurde leichter für mich, und ich war froh. Sören sollte in den Kindergarten gehen. Ich wollte gern, dass er in den Marienkindergarten geht, dort hatte ich bereits zwei Praktika gemacht. Der Leiter, Herr Modrow, konnte mir nur für die Nachmittagsgruppe eine Zusage geben. So begann eine sehr schöne Zeit für Sören und mich. Er lernte viel dazu und ich auch. Die Kinder hatten für ein Theaterstück Masken gebaut. Das Theaterstück wurde uns, den Eltern, stolz vorgeführt. Ungefähr eine Woche später, ich wollte Sören abholen, brannte ein Lagerfeuer. Ich war etwas früh dran, die Kindergärtnerin fragte die Kinder: »Wer von euch möchte seine Maske verbrennen?« Sören stand als Einziger auf, nahm seine Maske und verbrannte sie. Ich konnte das nicht so recht einordnen. Astrid, die Kindergärtnerin, meinte zu mir, Sören hat sich mutig gezeigt, und wir freuen uns.

Meine Freundin Gunda war Mutter eines Sohnes geworden. Sie und ihr Mann hatten schon in der Wohnung mir gegenüber gewohnt, als ich noch Single war. Nun zog die kleine Familie in unsere Straße. Die Wohnung war vom selben Vermieter. Wir trafen uns oft. Die Jungs kamen miteinander klar. Zeitweise beaufsichtigte Gunda ihre Nichte. Gunda schälte Äpfel für die Kinder und uns. Dazu Käffchen und Zigarettchen. Die Kinder waren aber nicht in der Küche, wenn wir rauchten.

An den Wochenenden unternahmen Volkmar, Sören und ich etwas gemeinsam. Im Sommer fuhren wir an einen schönen See zum Baden. Volkmar nahm Sören samstags mit auf die Lübecktour. Bei einem Kunden aßen sie Pommes rot-weiß. In der Woche trafen wir Volkmar beim Liefern. Sören und ich rannten auf ihn zu, und wir lachten. Er rollte Bierfässer in den Keller. So zog ein normales Leben bei uns ein.

10.

2004 war ich noch einmal für vier Monate in stationärer Behandlung. Es waren 20 Jahre vergangen, seitdem ich das letzte Mal stationär behandelt worden war. Unser Sohn

Sören war inzwischen 13 Jahre alt. Seit einiger Zeit belastete mich familiärer Druck. Es ging auf Weihnachten zu, Sören merkte die Veränderungen an mir früher als mein Mann. Er verbrachte ja auch viel mehr Zeit bei und mit mir. Ich wollte mir auch gleich Hilfe holen, aber mein Psychiater war erkrankt, und es war nicht absehbar, wann er wieder gesund sein würde. Ich nahm meine Medikamente weiterhin ein, hatte auch zeitweise telefonischen Kontakt zu Dr. Schall. Ich fürchtete mich davor, einen anderen, fremden Facharzt aufzusuchen. Weihnachten rückte näher, und ich wollte das Fest unbedingt zu Hause verbringen. Mit meinem Mann und meinem Sohn. Dazu hatte mein Kind im Januar Geburtstag. Der Druck wurde größer, und in mir begann wieder der Wunsch zu keimen, meinem Leben ein Ende zu setzen. Am 15. Dezember 2004 geriet ich dermaßen in Angst, dass mein Kind sagte, ich solle den Hausarzt anrufen, um eine Beruhigungsspritze zu bekommen. Fast panisch rief ich in der Praxis an. Mein Hausarzt, der mich seit meinem 16. Lebensjahr kennt, reagierte unglaublich. Ich sagte zu ihm: »Herr Dr. F., bitte kommen Sie, ich brauche eine Beruhigungsspritze.« Er antwortete: »Heinke, Sie müssen hierher in die Praxis kommen!« – »Das schaffe ich nicht, dann bringe ich mich um!« – »Wollen Sie mir drohen?«, erwiderte er empört. Ich wehrte ab. »Nein, nein, aber ich weiß nicht, wann mein Mann kommt!« Er erklärte, er sei allein in der Praxis und könne nicht weg (in der Gemeinschaftspraxis sind drei Ärzte). Sören packte mir eine Tasche. »Mama, du musst in das Psychiatrische Krankenhaus nach Rickling! Lass dir Badewasser ein, und wenn Papa kommt, fahrt ihr zu Dr. F., und danach fährt Papa dich in die Klinik.« Mein 13-jähriger Sohn und ich umarmten uns ganz fest und weinten. Ich wusste nicht, wie lange ich fort sein würde. Mein Mann kam nach Hause und konnte unser Vorhaben so gar nicht glauben. Wir fuhren in die Arztpraxis. Dort setzte uns die Arzthelferin in den Behandlungsraum von Dr. G. Ich beschwere mich leise bei meinem Mann, als plötzlich Dr. G. im Zimmer erschien. Dr. F. hatte also auch noch gelogen, er war gar nicht allein in der Praxis. Ich war sauer. Nach einem Gespräch mit Dr. G. erhielt ich die Einweisung nach Rickling.

Mein viermonatiger stationärer Aufenthalt, der darauf folgte, hat meine Ansicht zu Psychiatrie ins Positive gewendet. In den 20 Jahren, in denen ich keine stationäre Behandlung mehr gebraucht hatte, hatte sich in der Psychiatrie offenbar viel getan. Dennoch war die Zeit auf der Aufnahmestation schwierig für mich. Ich landete anschließend wegen einer manischen Auslenkung – umgangssprachlich »gaga« – in der geschlossenen Abteilung. Dr. Rothenburg kam zu mir, das war gut, zu ihm hatte ich Vertrauen. Ich saß auf dem Bett, und er ging um dieses herum. Ich verfolgte mit Kopf und Körper diesen Vorgang. »Sie reagiert ja!« Als dann ein Medikament gut bei mir anschlug, wurde ich auf die Station 13 verlegt, die Station, deren Patienten mein Mann und ich scherzhaft die »Schizos« nannten. In der Pegasus-Gruppe[7] mit ungefähr zwölf Patienten, ein bis zwei Pflegekräften und dem Oberarzt lernte ich zum ersten Mal Fakten über meine Krankheit, eine schizoaffektive Psychose, kennen. Ich lernte, welche Medikamente für welche Symptome eingenommen werden, welche Frühwarn-

---

[7] Ein psychoedukatives Angebot des Psychiatrischen Krankenhauses Rickling.

zeichen es speziell für mich gibt und wie ich dagegen etwas tun kann. Meine Zimmernachbarin und ich verstanden uns sehr. Sie vergaß manchmal, ob der Mann, der sie jeden Sonntag besuchte, ihr Ehemann oder ihr Freund war. Vor der Visite übten wir: »Er ist mein Mann, wir wohnen in Fleckeby, ich arbeite nicht mehr, und Deutschland ist wiedervereinigt.« Sie musste einmal eine schmerzhafte Rückenmarkspunktion über sich ergehen lassen. Eine Woche lang litt sie fürchterlich. Sie war schwer alkoholabhängig. Auch in dieser Zeit des stationären Aufenthaltes gerieten Themen in den Strudel meiner Krankheit, die schon für mich als Kind und in meiner Familie eine besondere Bedeutung hatten. Das Thema Nationalsozialismus zum Beispiel. Meine Eltern waren 17 Jahre alt, als es brenzlig wurde. Sie haben also alles miterlebt. Später, als mein Bruder und ich Kinder waren, fuhren wir oft in die Heimat, das war Ostpreußen. Wir haben zu Hause bei meinen Eltern viel über die Nazizeit gesprochen. Und als ich damals wieder so krank wurde, packte mich die Erinnerung, und ich marschierte in der geschlossenen Abteilung mit hochgestrecktem Arm umher und rief »Heil Hitler!«. Später sprach mich eine junge Frau darauf an. Es war mir total peinlich. Ich erklärte ihr, dass diese Zeit allgegenwärtig in meiner Familie war. Es war einfach absurd, mein Verhalten, aber ich erinnere mich genau daran.

Zwei Wochen vor meiner Entlassung wurde ich zur ATP[8] nach Bad Segeberg gefahren. Hier gab es weitere Angebote,

---

[8] Ambulante und Teilstationäre Psychiatrische Versorgung gehört wie das Psychiatrische Krankenhaus Rickling zum Psychiatrischen Zentrum des Landesvereins für Innere Mission in Schleswig-Holstein.

zum Beispiel eine Frauengruppe sowie eine Cafeteria, um langsam wieder in den Alltag zurückzufinden. Auch heute besuche ich ab und an die ATP. Seit meiner Entlassung werde ich bis heute von Anke unterstützt. Sie ist Fachkrankenschwester für Psychiatrie und sucht mich zu Hause auf. Meine Psychiaterin Dr. Wiegers befindet sich mittlerweile im Ruhestand. Sie hat mich ermutigt, dieses Buch zu schreiben. Der Nachfolger von Dr. Wiegers, mein neuer Arzt, ist zum Glück sehr nett. Ich hoffe, dass ich es mit seiner Unterstützung weiterhin schaffe, wie in den vergangenen acht Jahren ohne stationäre Aufenthalte auszukommen und, wenn nötig, nur ambulant behandelt zu werden. Medikamente muss ich mein Leben lang einnehmen. Mal mehr, mal weniger: je nachdem, wie gut es mir geht.

Insgesamt war ich ein Jahr und vier Monate meines Lebens stationär in psychiatrischen Krankenhäusern. Schon 1984 war ich in Rickling im Psychiatrischen Krankenhaus. Ich fühlte mich dort menschlich und fachlich kompetent behandelt. Ganz wichtig aber war für mich jetzt in der Rückschau, dass es in der Zeit, in der ich am meisten Hilfe brauchte, Menschen gab, die mich, so wie ich war, angenommen und aufgenommen haben. Meinen Pflegeeltern Gisela und Wolfgang und ihrer Tochter Claudia bleibe ich deshalb immer tief verbunden. In dieser Ausführlichkeit erzähle ich meine Geschichte nicht vor den Schülern. Sie ist immer etwas anders – so wie die Fragen der Schüler auch unterschiedlich sind. Meine Mitarbeit in der Antistigma-Arbeitsgemeinschaft »Aktion Sinneswandel« ermöglicht es mir, leichter über meine psychische Erkrankung zu sprechen. Ein wichtiger Moment war für mich die Mitwirkung unserer AG an dem bundesweiten Filmfestival »Ausnahme/Zustand – Verrückt nach Leben« 2009 in Norderstedt. Ich nahm an der Podiumsdiskussion nach dem Eröffnungsfilm »Übergeschnappt« teil, der das Thema psychisch kranke Mütter behandelte. So konnte ich öffentlich zu dem Thema Position beziehen. Und das war mir ein Anliegen. »Das mit mir« ist etwas, was nicht nur mein Leben, sondern auch das meiner Angehörigen geprägt hat. Vor allem auch das meines Sohnes. Und es ist gut, darüber zu sprechen, nur dann kann man verstehen. Auch deshalb habe ich dieses Buch geschrieben.

Dank

Danke an die AOK
Danke an BoD für die professionelle Unterstützung
Danke Sylvia Träbing-Butzmann
Danke Sören. Ohne Dich wäre mein Buchprojekt nicht in Erfüllung gegangen.
Das Wichtigste für mich bist Du.
Es war nicht immer einfach für Dich.
Ich hab´ Dich lieb, Mama.
Danke an meinen Mann Volkmar.